# LA FABULEUSE ODYSSÉE
# D'ULYSSE

Adaptation de
Rosa Navarro Durán

# LA FABULEUSE ODYSSÉE
# D'ULYSSE

*Homère*

*Illustrations de Francesc Rovira*

*Traduction de Ian Ericksen*

leseditionsdelabagnole.com

soulieurescediteur.com

Les Éditions de la Bagnole et Soulières éditeur remercient le Conseil des Arts du Canada et la SODEC de l'aide accordée à leur programme de publication et reconnaissent l'aide financière du gouvernement du Canada par l'entremise du Fonds du livre du Canada (FLC) pour leurs activités d'édition. Les Éditions de la Bagnole et Soulières éditeur bénéficient également du Programme de crédit d'impôt pour l'édition de livres – Gestion Sodec – du gouvernement du Québec.

Dépôt légal : 2011
Bibliothèque nationale du Canada
Bibliothèque et Archives nationales du Québec

*Catalogage avant publication de Bibliothèque et Archives nationales du Québec et Bibliothèque et Archives Canada*

Navarro Durán, Rosa

    La fabuleuse odyssée d'Ulysse

    Traduction de : La Odisea contada a los niños.
    Publ. en collab. avec Soulières éditeur.
    Pour les jeunes de 10 ans et plus.

    ISBN 978-2-923342-57-3 (Éditions de la Bagnole)
    ISBN 978-2-89607-133-3 (Soulières éditeur)

    I. Rovira, Francesc. II. Ericksen, Ian. III. Homère. Odyssée. IV. Titre.

PZ23.N388FA 2011    J863'.64    C2011-940324-2

Éditeur original : edebé, Barcelone, Espagne, 2007
Illustrations de la couverture et intérieures : Francesc Rovira
Conception graphique : Folio infographie
© Les Éditions de la Bagnole et Soulières éditeur
Tous droits réservés

# Sur l'Olympe, les Dieux  parlent d'Ulysse

Il y avait longtemps déjà que la guerre de Troie était terminée. Les Grecs étaient rentrés dans leurs terres après avoir vaincu les Troyens.

Pourtant Ulysse, un des meilleurs guerriers, le plus rusé d'entre eux, et dont le nom en grec était Odysséus, n'était pas encore retourné dans la belle île d'Ithaque, où Pénélope, son épouse, et Télémaque, son fils, l'attendaient depuis des années.

C'est que la nymphe Calypso retenait Ulysse sur l'île d'Ogygie, convaincue qu'il accepterait, avec le temps, de se marier avec elle. Ulysse pleurait de rage. Il ne voyait

*L'île d'Ogygie se trouvait au centre de la mer*

pas le jour où il retournerait dans ses terres et embrasserait sa femme. Mais comment s'échapper de l'île, où il n'y avait aucune barque ?

L'île d'Ogygie se trouvait au centre de la mer, à la merci du vent et elle était couverte de très grands arbres. Dans une grotte de cette île, vivait Calypso, fille d'Atlas, le géant qui supportait la sphère du ciel sur ses épaules.

Sur l'Olympe, bien sûr, tous les dieux connaissaient la situation d'Ulysse et elle ne plaisait à personne, sauf à Poséidon, le dieu de la mer, qui était très en colère contre le héros. Ulysse avait vaincu le fils de Poséidon, le cyclope... Mais il s'agit là d'une autre histoire que je raconterai plus tard.

Athéna, la déesse aux yeux verts, était celle qui se faisait le plus de souci pour Ulysse, car elle l'aimait beaucoup.

Un jour que Poséidon était en Égypte, Athéna profita de son absence pour demander à son père, Zeus, le dieu des dieux, d'avoir pitié d'Ulysse et de l'aider à quitter Ogygie afin de retourner dans ses terres.

La déesse lui suggéra de demander à Hermès, son messager, qu'il ordonne à Calypso de laisser partir Ulysse. Pendant ce temps, elle irait elle-même à Ithaque rencontrer Télémaque, le fils d'Ulysse. Elle lui dirait de ne pas perdre courage et de se rendre à Sparte pour recueillir des nouvelles de son père tout en se faisant connaître là-bas.

L'idée d'Athéna plut à Zeus.

# LE VOYAGE
# À ITHAQUE
# DE LA DÉESSE ATHÉNA

Athéna chaussa les sandales ailées qui lui permettaient de voler au-dessus de la mer et de la terre à la vitesse du vent. Prenant sa longue lance, à la fine pointe de bronze qui lui servait à détruire des rangées entières de héros lorsqu'elle se mettait en colère contre eux, la déesse descendit du mont Olympe et se rendit sur l'île d'Ithaque.

Elle s'arrêta devant les portes du palais de Pénélope et changea son apparence pour n'être reconnue de personne. Elle prit la forme d'un étranger, mais pas n'importe lequel. Elle prit l'apparence de Mentès, roi d'une île voisine.

Dans les arcades du palais, les prétendants de la reine Pénélope se bousculaient. Ils étaient les fils vaniteux des petits rois voisins, régnant sur l'île même d'Ithaque et sur d'autres îles. Ils souhaitaient tous gouverner Ithaque et, pour cette raison, ils voulaient épouser la reine. Ils passaient leurs journées au palais, à manger et à boire, en attendant qu'elle choisisse l'un d'entre eux. Ils dévoraient ce qui appartenait à Ulysse et se faisaient servir par ses domestiques. Il fallait les voir jouer aux

*Les serviteurs coupaient la viande et la leur servaient*

dés, boire le vin que leur versaient les serviteurs et la viande que ces derniers coupaient et mettaient dans leurs assiettes.

Télémaque se trouvait parmi eux, accablé de voir comment on gaspillait les richesses de son père. Malheureusement, il ne pouvait rien faire contre ces abus.

Les prétendants étaient nombreux et lui, très seul. Si son père avait été là, tout aurait été bien différent!

Télémaque pensait à tout cela lorsqu'il aperçut la silhouette de l'étranger dans le vestibule. Il alla tout de suite à sa rencontre et l'invita à s'asseoir et à manger avec eux. Les serviteurs lui servirent toutes sortes de viandes et du bon vin.

Pendant que les arrogants prétendants écoutaient chanter le troubadour Phémios au son de sa cithare, Télémaque, à voix basse pour éviter que les autres ne l'entendent, expliqua à l'étranger ce qui se passait au palais. Il lui confia que son père avait probablement péri en mer en revenant de la guerre de Troie et que ces crapules étaient en train de dilapider ses richesses en mangeant et en buvant ce qui lui appartenait. Il demanda ensuite à l'étranger qui il était et d'où il venait, et s'il avait connu son père, Ulysse.

La déesse Athéna lui répondit qu'elle s'appelait Mentès et inventa une histoire pour faire croire à Télémaque qu'elle était réellement le fils du roi d'une île voisine. Elle lui raconta qu'elle était arrivée avec les siens à bord d'un bateau. Ils faisaient route vers un pays où les hommes

*Il alla tout de suite à sa rencontre et l'invita à s'asseoir
et à manger avec eux*

parlaient une autre langue, afin d'échanger avec eux du fer contre du bronze. Ils avaient laissé leur bateau au port, comme ils le faisaient lorsque Laërte, le père d'Ulysse, était roi. Elle avait entendu dire qu'il avait beaucoup vieilli, qu'il vivait désormais au champ et qu'une vieille servante prenait soin de lui. Elle ajouta qu'elle savait qu'Ulysse n'était pas mort, qu'il se trouvait sur une île au milieu de la mer, où il était retenu contre sa volonté. Elle croyait qu'il trouverait toutefois un moyen de s'échapper, car c'était un homme très astucieux.

Pour finir, elle se lamenta auprès de Télémaque :

— Ah ! s'il revenait et qu'il voyait dans son palais les vaniteux prétendants manger et boire ce qui est à lui, comme leur vie serait courte ! Les dieux décideront bien s'il reviendra ou non et comment il se vengera de ces hommes. Ce que tu dois faire, toi, c'est de les réunir demain et leur dire de rentrer chez eux. Ordonne qu'on te prépare le meilleur bateau que tu verras, avec vingt rameurs, et pars demander des nouvelles de ton père. Va d'abord à Pylos, où tu trouveras Nestor l'ancien, puis à Sparte, rencontrer le roi Ménélas, qui est le dernier à être revenu en Grèce après que les Grecs eurent quitté Troie.

Comme je vois que tu es grand et robuste, sois fort et courageux, afin qu'ils parlent en bien de toi.

Puis Athéna, sans accepter les cadeaux que Télémaque lui offrait, s'éloigna en donnant au jeune homme la force et l'audace nécessaires pour qu'il sorte de son île.

Lorsqu'elle fut hors de sa vue, elle prit son envol, comme un oiseau, et retourna sur le mont Olympe.

# TÉLÉMAQUE  PASSE À L'ACTION

Télémaque s'en alla dans sa chambre, songeur. Euryclée, une vieille et sage servante qui prenait soin de lui et qui l'aimait beaucoup, l'accompagnait, tout en l'éclairant d'une torche. Elle l'aida à enlever sa tunique, qu'elle accrocha à un clou après l'avoir bien pliée, puis sortit de la chambre et ferma la porte.

Le jeune homme se couvrit d'une peau de mouton et passa toute la nuit à penser à ce voyage que lui avait conseillé, il ignorait pourquoi, ce mystérieux étranger qui était sûrement un dieu.

Le matin suivant, il ordonna à tout le peuple de se réunir sur la place publique. Il s'y rendit lui-même avec sa lance, accompagné de deux chiens. Il prit place dans la chaise de son père.

*Il se couvrit d'une peau de mouton et passa toute la nuit à penser*

Tout le monde était très surpris. Depuis le départ d'Ulysse, il y avait déjà très longtemps, personne ne les avait ainsi réunis sur la place.

Lorsqu'ils furent tous là, Télémaque prit la parole :

— Je suis très inquiet, parce que je ne sais rien de mon père, votre roi. Je ne sais pas s'il est mort en mer. De plus, je vois comment les prétendants de ma mère passent leurs journées au palais à dévorer les bœufs, les chèvres et les brebis de mon père et à boire son vin rouge. Moi tout seul, je n'ai pas la force de les jeter dehors. Voyez vous-mêmes ce qu'ils font!

Tout le monde se tut devant la rage et la douleur du jeune homme. C'est l'un des prétendants, l'arrogant Antinoos, qui lui répondit :

— Pourquoi nous offenses-tu, Télémaque ? Ce n'est pas notre faute, mais celle de ta mère, qui ne veut pas choisir de mari. Pendant trois ans, elle nous a tous donné espoir en nous promettant de se marier dès qu'elle aurait fini une toile très fine, qu'elle tissait pour recouvrir le corps de son beau-père Laërte, lorsque celui-ci mourrait. Elle tissait toute la journée, mais durant la nuit, elle défaisait tout son travail. Trois ans se sont écoulés avant qu'une de ses servantes ne nous apprenne ce qui se passait réellement. Nous avons surpris Pénélope en train de défaire sa toile. Elle n'a pas eu le choix, après cela, de terminer son travail. Mais presque une autre année a passé depuis et elle n'a toujours rien décidé. Presse ta mère de choisir l'un d'entre nous. Elle est très intelligente, mais elle vous ruinera si elle continue comme ça, puisque tant qu'elle ne se sera pas fixée, nous ne quitterons pas le palais.

Télémaque lui répliqua :

*Nous avons surpris Pénélope en train de défaire sa toile*

— Je ne peux pas dire à ma mère de faire ce que tu me demandes. Pourquoi ne rentrez-vous pas chez vous et ne mangez-vous pas ce qui vous appartient ? Si vous préférez dévorer ce qui est à mon père, je prierai les dieux de vous châtier et peut-être qu'un jour vous mourrez dans ce palais.

Au même moment, deux aigles apparurent dans le ciel. Ils volaient, rapides comme le vent, très près l'un de l'autre. Ils commencèrent à tourner au-dessus de la foule en battant des ailes. Soudain, ils s'attaquèrent l'un l'autre à coups de bec sur la tête et dans le cou, puis disparurent derrière des maisons.

Toute la foule eut peur de ce qu'elle venait de voir. Un vieillard qui savait interpréter le vol des oiseaux les prévint :

— Un grand malheur attend les prétendants, car Ulysse ne tardera pas à arriver. Peut-être qu'il n'est déjà plus très loin. Lorsque les Grecs se sont embarqués pour Troie, je lui ai prédit qu'il ne reviendrait dans sa patrie qu'au bout de vingt ans, après avoir affronté de nombreux dangers, et que personne ne le reconnaîtrait. Il ne reste que très peu de temps avant son retour.

*Ils s'attaquèrent l'un l'autre à coups de bec sur la tête et dans le cou*

Mais les prétendants se moquèrent de lui et lui dirent de rentrer à la maison et de se consacrer à prédire l'avenir de ses enfants. Ils étaient convaincus qu'Ulysse était mort. Ils répétèrent à Télémaque d'obliger sa mère à épouser l'un d'entre eux s'il ne voulait pas voir disparaître toutes les richesses d'Ulysse.

Mentor, un autre ancien, ami d'Ulysse, s'adressa à la foule :

*Les prétendants se moquèrent de lui*

— Je ne hais pas tant ces arrogants prétendants, qui mangent et boivent les biens d'Ulysse, que vous tous qui êtes ici, assis en silence, qui voyez ce qu'ils font et qui ne leur dites rien !

Les prétendants, furieux, menacèrent tout le monde. Non seulement ils tueraient celui qui essaierait de s'approcher d'eux, mais ils tueraient également Ulysse, si celui-ci était réellement en vie et qu'il revenait au palais. Enfin, ils ordonnèrent à tous ceux qui étaient là de rentrer immédiatement chez eux.

# TÉLÉMAQUE SE REND À PYLOS RENCONTRER NESTOR

Comme il ne pouvait rien faire contre ces arrogants prétendants, Télémaque décida de quitter Ithaque. Il le fit toutefois en cachette, pour que personne ne l'en empêche, pas même sa mère. Il en parla seulement à sa nourrice, Euryclée, à qui il demanda de l'aide :

— Maîtresse, remplissez douze amphores de ce vin si doux que vous gardez pour le retour de mon père et préparez des sacs de farine de blé. Ce soir, je viendrai chercher tout cela avant d'aller à Pylos et à Sparte demander des nouvelles de mon père. Afin qu'elle ne me pleure pas, ne dites pas à ma mère que je suis parti avant qu'onze ou douze jours ne se soient écoulés.

*Le bateau put lever l'ancre à leur insu*

À la tombée de la nuit, Télémaque ordonna aux siens de charger rapidement le bateau. Athéna, qui continuait de le protéger, fit dormir les prétendants d'un profond sommeil – ils avaient beaucoup bu – et ainsi, le bateau put lever l'ancre à leur insu.

Un vent fort se leva et gonfla les voiles, si bien que le bateau vogua à vive allure sur la mer.

Le jour se levait lorsque Télémaque et ses compagnons arrivèrent à Pylos. Ils se dirigèrent vers le palais de Nestor, qui était en train de manger entouré de ses fils. Lorsque le roi vit les étrangers, il les invita à s'asseoir et à partager leur repas avec eux. Puis, il les interrogea :

— Étrangers, qui êtes-vous ? D'où venez-vous ? Naviguez-vous à la recherche de quelque chose ou errez-vous sans but, comme les pirates, en ne faisant que du mal aux autres ?

Télémaque lui répondit :

— Nous venons d'Ithaque. Je cherche à avoir des nouvelles de mon père, le grand Ulysse. Je suis venu vous voir parce qu'on m'a dit que vous vous êtes battus à ses côtés, à Troie. Je ne sais pas où il est ni s'il est mort. Je viens vous demander ce que vous en savez, si vous l'avez vu mourir ou si quelqu'un vous a raconté quelque chose. Et je vous prie de ne pas avoir pitié de moi et de me dire la vérité, même si elle est dure.

Nestor l'écouta et, soupirant, lui confia :

« Ami, tu me rappelles des calamités qui se sont abattues sur les Grecs lorsque nous luttions pour conquérir la grande ville de Troie. Nos guerriers les plus valeureux y sont morts : Achille, Patrocle, Ajax... Même si tu restais ici cinq ans, ce ne serait pas assez long pour que je te raconte tout ce que nous avons souffert.

Pendant neuf ans, nous nous sommes battus en vain contre les Troyens. Le plus rusé d'entre nous était ton

*Nos guerriers les plus valeureux y sont morts*

père, Ulysse, à qui tu ressembles beaucoup. Nous étions toujours d'accord, lui et moi. Étant tous les deux prudents, nous donnions de bons conseils aux Grecs.

Mais nos malheurs ont commencé quand, ayant brûlé Troie, nous nous sommes embarqués, victorieux, pour retourner en Grèce. Nos deux rois, les frères Agamemnon et Ménélas, se sont disputés. Ce dernier voulait tout de suite prendre la mer, tandis qu'Agamemnon voulait offrir des sacrifices aux dieux, afin de calmer leur colère pour des actes répréhensibles que certains Grecs avaient commis.

Lorsque le soleil s'est levé, nous avons été plusieurs à suivre Ménélas, tandis que les autres sont restés avec Agamemnon. Mais les disputes ne se sont pas arrêtées là. Certains d'entre nous, envoyés par ton père Ulysse, sont retournés aider Agamemnon. Les autres ont poursuivi leur route.

Un vent fort s'est levé et les bateaux filaient sur les vagues. Au bout de seulement quelques jours, nous sommes arrivés ici, à Pylos, les miens et moi-même. Je ne sais donc pas ce qu'il est advenu des autres, bien que j'aie reçu des nouvelles m'informant qu'Égisthe, le traître, qui avait pris le pouvoir au royaume d'Agamemnon et avait épousé sa femme Clytemnestre, a tendu un piège mortel au grand roi. Il l'a tué à son retour dans sa patrie. On m'a aussi raconté que le fils d'Agamemnon, Oreste, a vengé son père en tuant le traître assassin. Une terrible tragédie!»

Télémaque, horrifié par de si terribles nouvelles, voulut savoir si le roi Ménélas avait réussi à rentrer dans ses terres. Nestor continua son récit:

*Oreste a vengé son père en tuant le traître assassin*

«Nous avons navigué ensemble jusqu'à ce qu'un jour, près d'Athènes, le capitaine du bateau du roi Ménélas meure et qu'il faille s'arrêter pour l'enterrer. C'est là que nous nous sommes séparés. Je sais qu'il a affronté de grandes tempêtes et que, poussé par le vent, il a atteint

*Je sais qu'il a affronté de grandes tempêtes et que, poussé par le vent, il a atteint l'Égypte*

l'Égypte. Finalement, après huit années en mer, il est rentré dans son pays avec les abondantes richesses qu'il est parvenu à accumuler au cours de son périple.

Je te conseille d'aller le rencontrer et de l'interroger. Comme il n'y a pas longtemps qu'il est revenu, il a peut-

être des nouvelles de ton père. Je te donnerai un char et des chevaux afin que tu te rendes par la terre à Sparte, son royaume. Un de mes fils, le jeune Pisistrate, t'accompagnera pour que tu ne te perdes pas. »

Télémaque le remercia pour son aide. Nestor décida qu'ils ne se mettraient en route que le jour suivant, afin de permettre au jeune homme de se reposer. Il l'hébergea dans son palais et, le lendemain, il lui donna du pain, du vin et des viandes pour le voyage. Pisistrate prit les rênes du char tiré par de fougueux chevaux, et tous deux s'éloignèrent à toute vitesse de Pylos.

Il leur fallut deux jours pour arriver à destination, chevauchant à travers une vaste plaine. Lorsqu'ils virent des champs de blé, ils surent qu'ils étaient arrivés à Sparte.

# LA VISITE DE TÉLÉMAQUE AU ROI MÉNÉLAS

À leur arrivée à Sparte, Pisistrate et Télémaque se rendirent au palais du roi Ménélas, où l'on était en train de célébrer les noces d'un de ses fils. Ils arrêtèrent leur char devant le vestibule. Un fidèle serviteur de Ménélas les aperçut et alla immédiatement prévenir son maître. Le roi ordonna d'inviter les deux étrangers au banquet et de donner de l'orge à leurs chevaux.

Télémaque fut très impressionné par la richesse des salles du palais. Ménélas les invita à partager avec eux de la nourriture et des boissons. Devant le regard admiratif et émerveillé du jeune étranger, il lui raconta comment il avait navigué pendant huit années entières et mis la main sur ces richesses. Mais il ajouta, en soupirant :

— Pendant que j'étais perdu en mer et que j'accumulais tous ces trésors, un traître, par tromperie, a tué mon frère, le grand Agamemnon. Ah! si seulement ceux qui sont morts à Troie avaient pu être épargnés, même si cela aurait voulu dire ne posséder que le tiers de mes richesses actuelles! Je ne me souviens de personne autant que du grand Ulysse, qui a tellement souffert et duquel je ne sais rien! Je suis sûr qu'à Ithaque, son père, le vieux Laërte, sa fidèle épouse Pénélope et son fils, Télémaque, qui venait de naître lorsqu'il est parti, doivent le pleurer.

À ces mots, Télémaque ne put s'empêcher de verser une larme, mais pour éviter d'être vu en train de pleurer, il enfouit son visage dans sa cape. Ménélas ne savait pas s'il devait lui demander ce qui se passait ou attendre qu'il le lui dise.

C'est à ce moment que la reine Hélène, belle et majestueuse, fit son apparition. C'est par elle que la guerre de Troie avait commencé, après que Pâris, un prince troyen, l'eut enlevée à son mari. Elle s'assit dans un fauteuil et demanda à son mari :

— Sais-tu donc qui est cet homme qui est arrivé dans notre palais? On dirait Télémaque, le fils d'Ulysse! Je n'ai jamais vu personne lui ressembler autant.

*À ces mots, Télémaque ne put s'empêcher de verser une larme*

— Je pense la même chose, lui dit le roi. Il a ses pieds, ses mains et son regard. Et puis, lorsque je lui ai parlé des malheurs qu'a connus Ulysse, il s'est mis à pleurer et, pour éviter que je ne le voie, il a enfoui son visage dans sa cape.

Pisistrate, en les entendant, ne put se taire plus longtemps et leur confia qu'ils avaient raison. Le jeune homme qu'il accompagnait était bien Télémaque, le fils d'Ulysse.

Ménélas se rappela alors tout ce qui était arrivé à Ulysse pendant la guerre de Troie, à laquelle ce dernier avait participé par sa faute. Il avoua avoir déjà pensé lui donner une ville de son propre royaume. Ainsi, ils auraient pu se voir souvent. Mais rien de cela n'était plus possible, Ulysse étant le seul qui n'était pas encore retourné dans sa patrie.

Ils se mirent tous à pleurer à gros sanglots.

Hélène, qui avait appris le pouvoir de certains philtres en Égypte, en versa un qui faisait oublier tous les malheurs dans le vin que les convives buvaient :

— Zeus envoie des bonheurs et des malheurs. Mangez et buvez maintenant, cela vous fera du bien. Je ne vous raconterai qu'une seule des missions d'Ulysse à Troie, je ne pourrais pas les raconter toutes ! Un jour, Ulysse s'est

*Hélène, qui avait appris le pouvoir de certains philtres en Égypte*

déguisé en mendiant. Il a mis des haillons et s'est fait quelques blessures avant d'entrer dans Troie, la cité aux larges rues où vivaient ses ennemis. Il s'est promené, ainsi déguisé, dans toute la ville et a appris beaucoup de choses. L'ayant reconnu, je lui ai promis de ne pas le dénoncer. Avant de partir, il a tué beaucoup de Troyens.

— Tu as raison, Hélène, lui dit Ménélas. Je n'ai connu personne d'aussi astucieux et d'aussi patient qu'Ulysse. Nous étions tous dans le ventre du cheval de bois, que les Troyens avaient eux-mêmes fait entrer dans leur ville, convaincus qu'il s'agissait d'un cadeau pour les dieux. Tu tournais autour du cheval et, imitant la voix de leurs femmes, tu appelais tous ceux qui étaient à l'intérieur. Nous voulions tous te répondre, mais Ulysse, qui se rendait compte du piège et du péril, nous a tous ordonné de nous taire. Il a même fermé la bouche de quelqu'un avec sa main.

Télémaque, en entendant ce qu'on racontait sur son père, se plaignit :

— Et malgré sa ruse, personne n'a pu éviter qu'il meure on ne sait où !

Hélène ordonna alors aux servantes de préparer des lits sous le portique pour permettre aux jeunes invités

*Ulysse s'est déguisé en mendiant*

de se reposer. Le roi et elle allèrent dormir dans leur chambre.

Le lendemain matin, lorsqu'ils furent tous debout, Ménélas demanda à Télémaque ce qui l'avait amené à son palais. Le jeune homme lui répondit qu'il cherchait à avoir des nouvelles d'Ulysse et lui expliqua que les prétendants étaient en train de dilapider tout son patrimoine, en attendant que sa mère épouse l'un d'entre eux. Il ne pouvait rien faire avant de savoir si son père était bien mort ou vivant.

Ménélas accepta de lui raconter tout ce qu'il savait.

# L'histoire de Protée

Le roi commença ainsi son histoire :

« En route vers ma patrie, des tempêtes m'ont entraîné en Égypte et les dieux ne m'en ont plus laissé partir. Devant l'Égypte, à un jour de navigation de la terre ferme, il y a une île, Pharos. Cette île est dotée d'un bon port pour les bateaux. Les dieux m'y ont retenu vingt jours sans m'envoyer de vent pour gonfler les voiles de mes embarcations.

Les provisions et ma détermination commençaient à manquer, mais une déesse, Idothée, fille de Protée, a eu pitié de moi. Un jour, alors que je marchais seul sur la plage pendant que mes hommes pêchaient de quoi manger, elle est venue à ma rencontre.

Nous avons parlé, je lui ai exposé ma situation et Idothée m'a expliqué ce que je devais faire pour me sortir de là :

— Étranger, mon père, Protée, qui connaît le fond des mers et sert Poséidon, son dieu, a l'habitude de venir par ici. Si tu parviens à l'attraper, il pourra t'indiquer le chemin que tu dois prendre, mais ce ne sera pas facile parce qu'il peut se transformer en toutes sortes d'animaux. Je te dirai ce que tu dois faire. Je te conduirai à la grotte où il se repose, entouré de ses phoques. Choisis, pour t'aider à l'assujettir, tes trois meilleurs compagnons. Mon père comptera d'abord ses phoques et s'allongera ensuite parmi eux, comme un berger parmi ses brebis. Lorsque tu verras qu'il s'est endormi, tes hommes et toi devrez l'attraper, de toutes vos forces, pour qu'il ne s'échappe pas. Il se transformera en toutes les créatures qui rampent sur la terre et vivent dans la mer, et même en feu, mais n'ayez pas peur et tenez-le fermement. Lorsqu'il vous parlera et voudra savoir comment vous l'avez trouvé, vous le relâcherez. Tu lui demanderas alors la façon de retourner dans ta patrie.

M'ayant révélé cela, la déesse a plongé dans l'eau et a disparu. Le lendemain, accompagné de mes trois meilleurs hommes, je suis retourné sur le bord de la mer. Nous y avons trouvé Idothée qui nous attendait, assise, avec

*Un jour, alors que je marchais seul sur la plage pendant que mes
hommes pêchaient de quoi manger, elle est venue à ma rencontre*

quatre peaux de phoque puantes. Elle avait creusé des trous dans le sable.

Elle nous a fait nous allonger dans les trous et nous a cachés sous les peaux de phoque. Voyant que leur odeur nous dérangeait, Idothée a mis sous notre nez un peu d'ambroise au parfum très doux. Ainsi, nous avons pu oublier la puanteur des peaux qui nous couvraient.

Nous avons patienté à cet endroit jusqu'à midi. C'est alors qu'est apparu le vieux Protée. Il s'est promené entre ses phoques, les a comptés, incluant nous-mêmes, sans se douter de rien et s'est allongé pour dormir. Nous avons attendu qu'il s'endorme, puis nous nous sommes levés tous les quatre à grands cris et nous nous sommes jetés sur lui.

Protée s'est aussitôt transformé en lion, en dragon, en panthère et en sanglier, ensuite en eau et même en un très grand arbre. Mais nous avons tenu bon et à la fin, fatigué, il m'a demandé ce que je voulais.

Je lui ai répliqué :

— Pourquoi me le demandes-tu, puisque tu le sais très bien ? Il y a longtemps que je suis pris sur cette île et je ne sais pas comment retourner dans ma patrie. Dis-moi ce que je dois faire pour sortir d'ici.

*Protée s'est aussitôt transformé en lion, en dragon*

Protée m'a révélé que les dieux ne nous laisseraient rentrer chez nous que lorsque je serais retourné en Égypte leur offrir des sacrifices.

J'ai accepté de le faire, puis j'en ai profité pour savoir si tous les capitaines grecs avaient pu retourner dans leurs terres.

Protée m'a raconté qu'Ajax avait péri en mer et que mon frère Agamemnon, de retour chez lui, avait été assassiné par un traître, Égisthe, qui lui avait auparavant volé son royaume et sa femme. Comme j'ai pleuré en l'apprenant! Le vieux Protée a tenté de me consoler en m'annonçant que si je me dépêchais, j'arriverais à temps pour voir son fils Oreste le venger en tuant le traître.

Enfin, j'ai voulu avoir des nouvelles d'Ulysse et il m'a répondu :

— Je l'ai vu qui pleurait sur une île. La nymphe Calypso ne le laisse pas partir et il n'a ni bateau ni compagnon pour l'aider à s'échapper.

Après m'avoir raconté tout cela, il a plongé dans la mer. Je suis retourné aux bateaux et j'ai mis le cap vers l'Égypte. Là-bas, j'ai fait les sacrifices aux dieux. Le vent s'est alors mis à souffler et m'a ramené jusqu'ici, jusqu'à ma terre. »

*... avait péri en mer*

Le roi Ménélas acheva ainsi son récit. Il voulait que Télémaque reste douze jours au palais, mais le jeune homme avait déjà hâte de rentrer à Ithaque pour rapporter ces nouvelles à sa mère.

# LES PRÉTENDANTS TENDENT UN PIÈGE À TÉLÉMAQUE

Pendant que Télémaque se rendait à Pylos et à Sparte, les prétendants continuaient de manger et de boire au palais.

Un jour, un brave homme d'Ithaque, Noémon, leur demanda s'ils savaient quand Télémaque reviendrait. Ce dernier avait pris son bateau et il en avait besoin. Les prétendants n'avaient pas été mis au courant du voyage de Télémaque. Ils pensaient qu'il était au champ, avec Eumée, le fidèle gardien de porcs.

Ils décidèrent donc de lui tendre une embuscade. Antinoos, le plus vaniteux des prétendants, se proposa pour l'attendre dans un bateau léger, caché dans le détroit séparant Ithaque de Samos, et ensuite l'attaquer.

Tous furent d'accord avec lui et l'encouragèrent.

Mais un fidèle serviteur de Pénélope les entendit et alla tout rapporter à la reine. Celle-ci sentit fléchir ses genoux et ne put parler pendant un bon moment. Elle n'avait même pas su que Télémaque avait quitté l'île ! Sa douleur fut si vive qu'elle se mit à pleurer désespérément. La vieille Euryclée s'en rendit compte. Elle écouta Pénélope ordonner à une de ses servantes d'aller demander à son beau-père, Laërte, s'il savait où était Télémaque.

La vieille Euryclée lui avoua alors :

— Ma fille, je vous raconterai tout, même si ensuite vous devez me tuer. Télémaque m'a annoncé qu'il partait et m'a demandé mon aide. Je lui ai donné le vin et la farine dont il avait besoin pour manger et boire durant le voyage. C'est lui qui m'a obligé à lui promettre de ne rien vous dire, afin que vous ne l'empêchiez pas de partir et que vous ne pleuriez pas. Ne vous inquiétez pas, la déesse Athéna le protège.

Pénélope était si triste qu'elle ne mangea rien de la journée.

À la tombée de la nuit, elle s'assoupit, et Athéna décida de lui forger un rêve : elle créa un fantôme qui ressemblait à une femme que la reine connaissait et le lui envoya.

*Ma fille, je vous raconterai tout*

Le rêve s'infiltra par la serrure de la porte et, se posant sur le front de Pénélope, lui murmura :

— Courage, Pénélope, ne désespère pas. La déesse Athéna veut que tu saches qu'elle protège ton fils. Ne t'inquiète pas pour lui : il reviendra sain et sauf.

La reine voulut savoir si Ulysse était mort ou vivant, mais le sombre fantôme refusa de lui répondre et repartit par la serrure, comme un courant d'air.

À son réveil, Pénélope se sentit soulagée d'avoir eu un rêve si clair dans l'obscurité de la nuit.

# LES DIEUX PASSENT À L'ACTION : LA MISSION D'HERMÈS

Le jour se levait lorsque les dieux se réunirent à nouveau. Athéna réexpliqua la situation d'Ulysse. Le héros se trouvait toujours au palais de la nymphe Calypso, sans bateau pour pouvoir sortir de l'île. De plus, les prétendants de sa femme voulaient maintenant tuer Télémaque, qui s'était rendu à Pylos puis à Sparte s'informer au sujet d'Ulysse.

Zeus ordonna à Hermès d'aller tout de suite dire à la nymphe Calypso de laisser Ulysse retourner dans sa patrie. En vingt jours sur un radeau, il pourrait atteindre le pays des Phéaciens, qui le traiteraient très bien et qui le ramèneraient à Ithaque à bord d'un bateau rapide.

Hermès chaussa les sandales ailées qui lui permettaient de survoler la mer et la terre à la vitesse du vent et prit la baguette qui lui servait à endormir les hommes. Il survola les vagues comme la mouette qui, lorsqu'elle pêche le poisson en mer, s'y mouille tout juste les ailes.

*Hermès se rendit à l'entrée de la grande grotte où vivait la nymphe*

Arrivé sur l'île de Calypso, Hermès se rendit à l'entrée de la grande grotte où vivait la nymphe. Tout autour, il y avait une forêt de beaux arbres, où étaient perchés de nombreux oiseaux marins. Il y avait aussi des vignes pleines de raisin et des prés de violettes et de céleris.

Hermès entra dans la grotte, où Calypso tissait en chantant. Elle le reconnut tout de suite : les dieux se connaissent tous, même s'ils vivent chacun de leur côté.

Ulysse n'était pas là. Il allait toujours au bord de la mer pour imaginer à l'horizon sa patrie, qui lui manquait tant.

Quand la nymphe demanda à Hermès pourquoi il était venu la voir, il lui répondit :

— Zeus t'ordonne de laisser partir Ulysse, cet homme si malheureux qui vit avec toi. Son destin n'est pas de mourir loin de sa patrie.

L'ordre de Zeus ne plut pas du tout à Calypso, mais elle savait qu'elle n'avait pas d'autre choix que d'y obéir, aussi elle accepta :

— J'ai sauvé Ulysse de la mort lorsque je l'ai vu à la merci des flots, accroché à un morceau de son bateau qu'une tempête avait détruit. Je l'ai accueilli dans ma grotte, en lui promettant que, s'il restait avec moi, il ne vieillirait pas et ne mourrait pas. Mais je vois que Zeus en a décidé autrement. Je n'ai pas de bateau pour qu'il puisse retourner chez lui, ni de serviteurs qui pourraient l'accompagner, mais je lui dirai comment retrouver sa patrie.

Hermès lui conseilla de s'exécuter sur-le-champ, sinon Zeus se mettrait en colère.

Dès qu'Hermès fut parti, Calypso alla rejoindre Ulysse sur le rivage, là où il passait son temps à regarder la mer en pleurant son pays et sa femme, qu'il voulait tant retrouver. La nymphe le consola :

— Ne pleure plus, Ulysse ! Je te laisse t'en aller. Coupe quelques troncs très grands pour construire un radeau. Je te donnerai du pain, de l'eau et du vin et je t'enverrai un vent favorable pour que tu puisses naviguer et rentrer dans ton pays.

Au début, Ulysse eut peur que Calypso essaie de le tromper, mais la déesse lui jura que ce n'était pas le cas, et il se mit au travail de toutes ses forces. Il coupa vingt troncs qu'il tailla ensuite avec une hache. Grâce aux outils que la déesse lui donna, il put faire des trous où poser les clous et les chevilles, et fixer les madriers.

*Il passait son temps à regarder la mer*

Peu à peu, le radeau prit forme. Ulysse fixa le mât et le gouvernail, pour se diriger en mer. Calypso lui remit une toile pour fabriquer la voile.

Au quatrième jour, le radeau était terminé et au cinquième, Ulysse fit ses adieux à la nymphe et prit la mer. En plus de lui donner des provisions, Calypso lui recommanda de toujours avoir la constellation de la Grande Ourse à main gauche en naviguant.

# ULYSSE À LA MERCI DES FLOTS

Ulysse naviga dix-sept jours sans voir la terre. Au dix-huitième, il distingua au loin les montagnes des Phéaciens.

Au même moment, Poséidon, qui revenait d'Éthiopie, aperçut Ulysse sur le point de toucher terre, à bord de son radeau. La colère du redoutable dieu fut terrible!

À l'aide de son trident, il réunit immédiatement les nuages, provoqua de grands tourbillons de vent, et une terrible tempête se leva.

Une énorme vague s'abattit sur Ulysse et le projeta loin de son radeau. Il faillit se noyer, parce que ses vêtements l'alourdissaient beaucoup et que les vagues le coulaient et le remontaient sans cesse. Avec beaucoup de difficulté, Ulysse parvint à s'accrocher encore une fois à son radeau, que le vent agitait dans tous les sens, comme s'il s'agissait d'une feuille morte.

*Avec beaucoup de difficulté, Ulysse parvint à s'accrocher encore une fois à son radeau*

Ino aux jolis pieds, qui vivait au fond de la mer, fut attristée de voir Ulysse dans cette situation. Elle prit la forme d'une mouette et se posa sur le radeau :

— Pourquoi Poséidon est-il si furieux contre toi ? lui demanda-t-elle. Fais ce que je te dirai : enlève les vêtements que tu portes, abandonne ton radeau pour que les vents l'emportent, mets sur ta poitrine le voile que je te donnerai et nage jusqu'à la côte. Lorsque tu toucheras terre, prends-le et lance-le dans la mer, le plus loin que tu pourras.

Après lui avoir donné le voile, la mouette plongea dans la mer. Ulysse avait peur qu'il s'agisse d'un piège visant à le tuer, mais il fit tout ce que lui avait dit la déesse puisqu'il n'y avait pas d'autre issue pour sauver sa vie. Il se déshabilla, mit le voile sur sa poitrine, se lança à l'eau, les bras tendus, et se mit à nager de toutes ses forces.

Ulysse nagea sans relâche pendant deux jours et deux nuits. Lorsqu'il fut sur le point de défaillir, le troisième jour, au lever du soleil, le vent se calma.

Du haut d'une grande vague, il put voir que la terre était toute proche. Il se remit à nager avec plus de vigueur pour l'atteindre.

Quelle peur il eut en n'apercevant que les rochers! S'il s'approchait trop, la force des flots l'enverrait contre eux et il s'y briserait les os.

Pendant qu'il réfléchissait à la façon de toucher terre, une énorme lame projeta Ulysse contre un rocher, mais il s'y agrippa et laissa passer la vague. Lorsque l'eau revint, elle l'emporta une fois de plus dans la mer avec force. De la même manière que, lorsque la pieuvre s'arrache à sa cachette, elle emporte des pierres accrochées à ses tentacules, des morceaux de la peau des mains d'Ulysse restèrent sur le rocher.

Mais ses forces ne l'abandonnèrent pas et Ulysse continua à nager le long de la côte, regardant la terre pour voir s'il ne trouverait pas une plage. Il aperçut finalement une rivière qui débouchait sur la mer et s'approcha de sa rive.

Lorsqu'il parvint à atteindre le rivage, Ulysse s'allongea, épuisé. Son corps était enflé de partout, ses mains, écorchées, et de l'eau lui sortait par la bouche et par le nez. Il reprit son souffle petit à petit et récupéra un peu. Il lança ensuite le voile de la déesse dans la rivière et le courant l'emporta dans la mer.

*Il reprit son souffle petit à petit et récupéra un peu*

Ulysse ne savait pas s'il valait mieux rester sur le bord de la mer, où il redoutait le froid de la nuit, ou entrer dans la forêt, où il risquait de rencontrer des fauves. Finalement, il se dénicha une cachette entre deux arbres, se couvrit de feuilles mortes et s'endormit. Il était épuisé.

# ULYSSE ARRIVE AU PAYS DES PHÉACIENS

Pendant qu'Ulysse dormait, vaincu par le sommeil et la fatigue, Nausicaa, la très belle fille du roi Alcinoos, demandait à son père la permission d'aller laver les vêtements sales à la rivière et de prendre, pour y aller, un char à fortes roues tiré par des mules.

Son père accepta et sa mère lui donna des vivres de toutes sortes, de l'eau et du vin. Elle lui remit aussi de l'huile dans une bouteille d'or, pour qu'elle s'en enduise lorsqu'elle se laverait.

Nausicaa prit les rênes du char et fouetta les mules pour se mettre en route. Elle était accompagnée de ses servantes.

Arrivées à la rivière, les femmes laissèrent les mules paître à leur guise et allèrent laver les vêtements dans des

lavoirs qui se trouvaient là. Elles piétinaient les habits pour
que la saleté s'en aille lorsqu'elles les frotteraient.

Ceci fait, elles se baignèrent dans la rivière, s'enduisirent
d'huile parfumée et mangèrent près de l'eau, pendant que
les vêtements séchaient sur l'herbe. Ensuite, elles se mirent
à jouer à la balle. Nausicaa chantait, heureuse.

*Il prit une branche couverte de feuilles pour se cacher un peu*

Elles avaient ramassé les vêtements et étaient sur le point de rentrer au palais lorsque la princesse lança trop fort la balle à l'une de ses servantes et l'envoya dans un remous de la rivière. Les filles se mirent à crier et Ulysse, qui dormait tout près de là, se réveilla.

Il sortit de sa cachette et prit une branche couverte de feuilles pour se cacher un peu.

Lorsque les filles l'aperçurent, elles eurent très peur. L'étranger était horrible à voir, souillé par le sel de la mer.

Les servantes coururent se cacher, mais pas Nausicaa. Celle-ci resta seule, immobile, à regarder cet homme étrange.

Ulysse ne savait pas s'il devait s'approcher ou non, de peur de l'effrayer. Gardant ses distances, il la supplia de l'aider. Il lui raconta qu'il avait réussi la veille à atteindre cette terre après avoir passé vingt jours à la merci des flots. Il lui demanda, pour se couvrir le corps, un de ces draps qui servaient à emballer les vêtements et la pria de lui indiquer le chemin de la ville.

Nausicaa lui répondit :

— Étranger, tu ne me sembles ni misérable ni fou. Je te donnerai des vêtements et te montrerai le chemin de la ville. Je suis la fille d'Alcinoos, le roi des Phéaciens, qui vit sur ces terres.

Elle appela alors ses servantes et leur ordonna de lui donner des vêtements, de quoi manger et boire et de l'huile parfumée pour se laver dans la rivière.

Après qu'il se fut lavé et eut enfilé la tunique qu'on lui avait donnée, Ulysse semblait bien plus grand et plus fort. Il était très beau. Les servantes lui servirent toutes sortes de victuailles et du bon vin. Avec quel plaisir il goûta de tout! Il n'avait rien mangé depuis des jours!

Quand il eut terminé, Nausicaa lui dit:

— Allons-y. Je te conduirai jusqu'à la maison de mon père. Je te montrerai le chemin qui mène à la ville. Celle-ci est entourée d'une muraille, elle est dotée d'un très bon port où nous abritons nos bateaux. Les Phéaciens sont des navigateurs hors pair. Mais lorsque nous traverserons la campagne, marche derrière le char avec mes servantes. Je ne veux pas que quelqu'un me voie avec toi dans le char et dise du mal de moi. Comme je n'ai pas encore choisi d'époux parmi les Phéaciens, je ne veux pas qu'on pense que je leur ai préféré un étranger. Nous te laisserons près de la ville, à l'orée d'un bois où il y a une fontaine.

*Il était très beau*

Ce bois est entouré d'un pré où mon père possède des champs et des vignes pleines de raisin. Assieds-toi là-bas et attends un peu. Lorsque tu auras compté que nous avons eu le temps d'entrer dans la ville, viens et demande qu'on t'indique le palais de mon père, le roi Alcinoos.

# ULYSSE AU PALAIS D'ALCINOOS

Ulysse suivit toutes les directives de la prudente Nausicaa. Quand il jugea que la princesse et ses servantes devaient être rendues au palais, il se dirigea vers la ville.

Pour éviter au héros d'être attaqué par les Phéaciens, Athéna l'enveloppa d'un nuage. Ainsi, personne ne pouvait le voir, mais Ulysse ne s'en rendit pas compte. La déesse prit l'apparence d'une jeune fille portant une cruche et alla à sa rencontre.

Lorsqu'il l'aperçut, Ulysse l'interpella :

— Jeune fille ! Pourrais-tu me conduire au palais du roi Alcinoos ? Je suis un étranger qui est arrivé sur cette terre après avoir beaucoup souffert et je ne connais personne.

— Je te montrerai le chemin, lui répondit Athéna. Mais marche sans rien dire et ne regarde pas les hommes que tu croiseras. Ne leur demande rien non plus, parce qu'ils n'aiment pas les étrangers.

Elle se mit à marcher d'un bon pas.

Ulysse suivit la déesse et personne en ville ne le vit, le nuage le rendant invisible.

Comme ils arrivaient au palais, Athéna lui dit :

— Voici le palais royal. Tu trouveras le roi et la reine en train de donner un banquet, mais entre sans crainte. À l'homme audacieux, la fortune sourit. Lorsque tu auras trouvé la reine Arété, une femme très intelligente et sage que tout le monde respecte, jette-toi à ses pieds et demande-lui son aide. Si elle te l'accorde, tu pourras retourner dans ta patrie et retrouver les tiens.

Sur ces paroles, la déesse s'en alla.

Ulysse entra dans le riche palais qui brillait comme le soleil et pénétra dans toutes les pièces sans être remarqué. Ce n'est qu'une fois en présence des souverains que le nuage disparut. Les gens le remarquèrent tout à coup et tous restèrent bouche bée.

Ulysse s'agenouilla devant la reine :

— Reine Arété, je suis ici à tes pieds après avoir beaucoup souffert. Je viens implorer ton aide pour retourner

*… le nuage le rendant invisible*

dans ma patrie. J'ai besoin d'un bateau et d'hommes pour me guider.

Le roi Alcinoos le pria de se lever et lui offrit de s'asseoir dans la chaise somptueuse qu'occupait un de ses fils, qui la céda à l'étranger. Il invita ensuite Ulysse à manger et à boire avec eux.

À la fin de la soirée, Alcinoos dit aux chefs des Phéaciens, qui avaient partagé le repas avec lui :

— Chefs et princes des Phéaciens, maintenant que vous avez fini de souper, allez vous reposer. Demain, dès que le soleil se sera levé, nous parlerons avec cet étranger et nous verrons comment l'aider à retourner dans son pays.

Ils trouvèrent tous que c'était là une bonne idée et allèrent dormir.

Pendant que les servantes desservaient la table, le roi Alcinoos et la reine Arété prirent place à côté d'Ulysse. Arété voulut savoir :

— Hôte, qui es-tu et d'où viens-tu ? Qui t'a donné ces vêtements que tu portes ? Ne dis-tu pas que tu as fait naufrage ?

L'ingénieux Ulysse répondit ainsi à la reine :

*Le roi Alcinoos et la reine Arété prirent place à côté d'Ulysse*

«Zeus a détruit mon bateau d'un coup de foudre. Tous mes compagnons ont péri, mais je me suis accroché à la quille du bateau. Les flots m'ont porté ici et là pendant neuf jours. À la dixième nuit, ils m'ont laissé sur la plage de l'île d'Ogygie, où vit la déesse Calypso. Elle a pris soin de moi et m'a très bien traité, mais elle ne me laissait pas partir. Je suis resté sept ans avec elle. Elle me promettait toujours que si je restais auprès d'elle, je ne vieillirais pas et ne mourrais pas, mais moi je passais mes journées à regarder la mer et

*Zeus a détruit mon bateau d'un coup de foudre*

à pleurer, en me rappelant les miens. La huitième année, elle m'a aidé à partir, peut-être parce qu'elle avait changé d'idée ou parce que les dieux le lui avaient ordonné.

J'ai navigué durant dix-sept jours et, au dix-huitième, j'ai aperçu les montagnes de votre pays. J'ai dû encore endurer la fureur de la mer, qui a détruit mon radeau. J'ai pu atteindre l'embouchure d'une rivière à la nage. Je me suis caché entre des arbres, où j'ai dormi toute la nuit et le lendemain.

Je me suis réveillé lorsque le soleil se couchait. C'est alors que j'ai vu votre fille qui jouait à la balle avec ses servantes. Elle ressemblait à une déesse, elle est de toute beauté !

Je lui ai demandé de m'aider et elle l'a fait. Elle m'a donné du pain et du vin, elle m'a offert des vêtements et m'a dit de me laver dans la rivière et de m'enduire d'huile. »

Alcinoos voulut savoir pourquoi sa fille ne l'avait pas conduit jusqu'à lui. Il lui semblait qu'elle n'avait vraiment pas bien traité un étranger. Ulysse lui expliqua en détail ce que la prudente Nausicaa avait fait.

Le roi lui promit de lui donner un bateau et des rameurs dès le lendemain, afin qu'il puisse retourner dans sa patrie. La reine ordonna ensuite à ses servantes de préparer un lit dans le portique pour leur hôte, avec un joli couvre-lit vermeil et des peaux pour qu'il n'ait pas froid.

# LA COMPÉTITION
# ATHLÉTIQUE

Le lendemain, le roi Alcinoos convoqua les Phéaciens sur la grande place pour leur présenter leur hôte et leur dire comment ils devraient l'aider. Il choisit cinquante-deux jeunes hommes pour le ramener dans son pays à bord d'un beau bateau. Ils préparèrent ensuite l'embarcation pour la navigation, en y fixant des voiles et des rames reliées par des courroies.

Ceci fait, ils allèrent tous dîner au palais. Le roi avait ordonné l'abattage de douze brebis, huit porcs et deux bœufs pour le banquet.

Un troubadour aveugle, Démodocos, qui chantait très bien et jouait de la cithare, se mit à raconter la dispute qui opposa Ulysse et Achille pendant la guerre de Troie et comment le roi Agamemnon s'en était réjoui, l'oracle lui ayant révélé que lorsque ses deux meilleurs guerriers se disputeraient, la débâcle des Troyens commencerait.

En écoutant cette histoire, Ulysse se couvrit la tête d'une cape rouge, car il ne pouvait empêcher les larmes de lui venir aux yeux et il ne voulait pas que les Phéaciens le voient en train de pleurer.

Alcinoos, qui était à ses côtés, s'en rendit compte et remarqua ses profonds soupirs. Afin que le troubadour arrête d'attrister leur hôte par ses chants, il déclara aux Phéaciens que, maintenant qu'ils avaient bien mangé et bien bu, ils pouvaient commencer à s'adonner à des jeux athlétiques : la course, le saut, le lancer du disque et la lutte.

Laodamas, un des fils du roi, demanda à Ulysse pourquoi il ne se mesurait pas à eux dans l'une de ces épreuves. Le héros s'excusa en disant qu'il n'en avait pas envie. Tout ce qu'il voulait, c'était retourner dans son pays, et de plus, son chagrin l'empêchait d'être au meilleur de sa forme. Mais un des jeunes chefs, Euryale, lui lança, effrontément, qu'il n'avait pas l'air de connaître ces jeux et qu'il devait être en réalité un capitaine de pirates.

*… douze brebis, huit porcs et deux bœufs pour le banquet*

*Le tir fut si puissant que les Phéaciens durent baisser la tête*

Ulysse, en lui lançant un regard sombre, lui rétorqua :

— Tu n'es pas très sage. Les dieux n'ont pas réparti également leurs dons entre les hommes : la beauté, l'intelligence et le pouvoir de la parole. Certaines personnes peu favorisées par la nature ont, malgré tout, le don de la parole. D'autres, en revanche, sont très belles physiquement, mais ne savent pas formuler plus de deux mots sensés. Tu es de ceux-là : tu es beau, mais tu n'es pas intelligent. Tu m'as insulté. Je connais très bien ces jeux, j'y ai joué quand j'étais jeune, mais les épreuves que j'ai traversées m'ont enlevé mes forces. Néanmoins, pour te montrer à quel point tu n'as pas été sage, je tenterai ma chance au disque.

Il se leva, prit un disque plus grand et plus lourd que ceux qui avaient été déjà lancés par les Phéaciens, fit plusieurs tours sur lui-même et le lança. Le tir fut si puissant que les Phéaciens durent baisser la tête. Le disque atterrit beaucoup plus loin que les témoins des lancers précédents.

Tout le monde fut stupéfait par la force et l'habileté de l'étranger.

Alcinoos, pour faire oublier cette contrariété à Ulysse, ordonna aux danseurs phéaciens de danser pour leur hôte, et au troubadour Démodocos de chanter encore en jouant de la cithare.

# LE CHANT
## DU TROUBADOUR
### DÉMODOCOS

Pendant qu'Ulysse admirait l'agileté des danseurs, Démodocos chanta encore une fois de très belles histoires.

Le roi demanda aux Phéaciens d'offrir des cadeaux à leur hôte, afin que celui-ci ne rentre pas chez lui les mains vides. Ils lui apportèrent tous des objets précieux. Euryale, pour s'excuser de l'avoir offensé, offrit au héros une belle épée de bronze à poignée d'argent dans un fourreau d'ivoire.

Au souper, pendant qu'ils mangeaient et buvaient, Ulysse voulut que Démodocos chante encore. Il lui proposa de raconter comment les Grecs avaient fait entrer le cheval de bois rempli de guerriers à l'intérieur des murs de Troie, une ruse qui leur avait permis de gagner la guerre.

Le troubadour se mit donc à chanter comment les Grecs avaient d'abord incendié leur propre campement. Ils étaient ensuite retournés dans leurs bateaux pour faire croire qu'ils s'en allaient. Pendant ce temps, le cheval de bois, qui cachait dans son ventre Ulysse et les meilleurs guerriers grecs, était déjà à l'intérieur des murs de Troie. Les Troyens hésitaient entre transpercer le ventre de bois ou laisser là l'animal, en guise de cadeau pour les dieux.

Le troubadour chanta comment, pendant la nuit, les Grecs étaient sortis du ventre du cheval et avaient attaqué la ville endormie.

Des larmes se mirent à couler sur les joues d'Ulysse. Alcinoos, qui était à ses côtés, s'en aperçut encore une fois :

— Que Démodocos arrête de jouer de la cithare, puisque ce qu'il chante ne plaît peut-être pas à tous ceux qui l'écoutent. Je vois que notre hôte n'arrête pas de pleurer. Il doit avoir quelque souvenir douloureux.

Puis, se tournant vers Ulysse, il l'interrogea :

— Hôte, dis-nous ton nom et celui de ton pays, afin que notre bateau puisse t'y porter.

... *le cheval de bois, qui cachait dans son ventre Ulysse*
*et les meilleurs guerriers grecs*

# ULYSSE ENTAME LE RÉCIT DE SES AVENTURES : LES LOTOPHAGES

Ulysse répondit au roi :

— Roi Alcinoos, j'ai beaucoup de plaisir à écouter le chant d'un bon troubadour en mangeant et en buvant. Mais puisque tu veux savoir quels sont mes malheurs, lequel te raconterai-je en premier ? Ils sont si nombreux !

Je te dirai d'abord mon nom.

Je suis Ulysse, fils de Laërte, célèbre pour sa ruse. J'habite l'île d'Ithaque, qui est entourée d'autres îles et sur laquelle il y a une montagne, le Nériton, couverte de forêts luxuriantes. Il n'y a rien de plus doux que la patrie et les parents. Même lorsqu'on vit dans une maison magnifique, si on est éloigné d'eux, ils nous manquent beaucoup.

*J'ai perdu plusieurs compagnons qui se sont battus*

Je vous raconterai mon retour dans mon pays, parsemé d'embûches. Lorsque nous avons quitté Troie, un vent nous a portés jusqu'au pays des Cicones, où j'ai perdu plusieurs compagnons qui se sont battus pour de la nourriture.

Une tempête nous a ensuite fait dériver sur la mer pendant neuf jours, jusqu'à ce que, au dixième, nous atteignions l'île des Lotophages, qui s'appelle ainsi parce que ses habitants mangent du lotus.

Nous avons sauté à terre, mangé et bu sur la rive. J'ai ensuite envoyé trois de mes compagnons explorer le pays, pour découvrir qui en étaient les habitants.

Les Lotophages leur ont donné du lotus à manger. Dès qu'ils ont goûté à ce fruit doux comme le miel, mes hommes ont perdu la mémoire.

J'ai dû les ramener de force en les traînant jusqu'aux bateaux. Je les ai attachés aux bancs pour les empêcher de s'enfuir. Ils me suppliaient de rester au pays du lotus !

J'ai tout de suite ordonné aux rameurs de se mettre à ramer pour éloigner les bateaux de cette île.

# LE CYCLOPE POLYPHÈME

Nous sommes arrivés peu après sur la terre des cyclopes, d'arrogants géants qui ne connaissent aucune loi et qui ne travaillent pas, la terre leur donnant ses fruits sans qu'ils aient besoin de la cultiver. Ils vivent dans des grottes, dans les montagnes, et ne se mêlent pas beaucoup entre eux.

Devant leur terre, se trouve un îlot recouvert de forêt et plein de chèvres sauvages. Il y a un petit port abrité pour les bateaux. Dans la partie la plus haute du port, une source d'eau très claire surgit d'une grotte entourée d'arbres.

Nous sommes arrivés à cet endroit lors d'une nuit assombrie par un épais brouillard. Nous avons sauté à terre et attendu le jour, puis nous avons chassé des chèvres et pu manger et boire en toute tranquillité.

Au loin, nous pouvions apercevoir la terre des cyclopes et la fumée de leurs feux.

Le lendemain, j'ai voulu aller voir qui étaient ces hommes gigantesques qui vivaient sur cette terre. J'ai laissé les douze bateaux au port de l'îlot et n'ai pris, pour me rendre là-bas, que le mien avec mes compagnons.

Une fois rendu sur place, j'ai choisi douze de mes meilleurs hommes pour m'accompagner. J'ai laissé les autres prendre soin du bateau. Nous avons emporté de la nourriture et une gourde remplie de vin très sucré et très fort.

Près de la mer se trouvait une vaste grotte. Nous y sommes entrés et avons constaté qu'elle était pleine de fromages et qu'il y avait aussi beaucoup de moutons et de chèvres. Par contre, il n'y avait personne.

Mes compagnons voulaient s'emparer de quelques fromages, quelques chèvres et partir. Mais moi, je voulais savoir quel homme vivait là. Aussi leur ai-je ordonné d'allumer un feu et d'attendre son retour.

Un horrible monstre, un géant doté d'un seul œil, n'a pas tardé à apparaître. Il arrivait chargé de bois sec pour la préparation de son repas. Il l'a déchargé dans la grotte

*Près de la mer se trouvait une vaste grotte*

en faisant tant de remue-ménage que nous nous sommes réfugiés au fond, apeurés.

Le cyclope a ensuite fait entrer toutes les brebis et les moutons qui paissaient dehors, avant de boucher l'entrée de la grotte à l'aide d'un rocher si gros que même vingt-deux chars tirés par des bœufs n'auraient pu le déplacer. Le cyclope s'est aussitôt mis à traire ses brebis et ses chèvres.

Lorsqu'il a allumé son feu, il nous a aperçus et nous a demandé, de sa grosse voix terrible :

— Qui êtes-vous ? Par où êtes-vous venus ? Où avez-vous laissé votre bateau ?

Me méfiant de ce terrible géant, je ne lui ai pas dit toute la vérité. Je lui ai raconté que nous étions Grecs, qu'une tempête avait coulé notre bateau en le jetant contre les récifs de sa terre et que nous étions arrivés à la nage.

Au lieu de continuer à parler avec moi, le cyclope, qui s'appelait Polyphème, a attrapé deux de mes compagnons et les a tués en les cognant brutalement contre le sol, comme s'ils étaient des animaux. Puis, il les a dévorés, sans même laisser les os. Il a ensuite bu de grands verres de lait.

*Il les a dévorés, sans même laisser les os*

Nous avons assisté à tout cela, terrorisés, pleurant la mort de nos compagnons.

Après le repas, le géant Polyphème s'est couché au milieu de ses brebis. J'ai pensé à lui transpercer le cœur de mon épée, mais nous risquions de mourir enfermés dans la grotte. Nous n'étions pas assez forts pour déplacer l'énorme rocher qui en bouchait l'entrée.

Nous avons passé la nuit à gémir sans pouvoir rien faire.

Le lendemain matin, le cyclope a allumé un feu avant de traire ses brebis et de dévorer deux autres de mes compagnons. Il a ensuite retiré l'énorme rocher de l'entrée de la grotte, fait sortir son troupeau et remis le rocher à sa place, nous laissant à l'intérieur.

Je réfléchissais à un moyen d'échapper à cette mort terrible. J'ai tout de suite eu une idée, que j'ai mise en pratique.

# La ruse vainc la force

Il y avait par terre une grande branche d'olivier encore verte que le cyclope laissait là pour qu'elle sèche. Je l'ai taillée pour en faire un pieu que j'ai demandé à mes hommes de polir, puis j'ai passé une de ses extrémités au feu, pour l'endurcir, avant de cacher le pieu sous le fumier qu'il y avait dans la grotte.

Polyphème est revenu à la tombée du jour et a fait la même chose que la veille. Une fois ses affaires terminées, il a attrapé deux autres de mes compagnons, les a fracassés contre le sol et les a dévorés.

Voyant qu'il avait terminé, je me suis approché pour lui offrir le bon vin que nous transportions. Je lui en ai versé un verre, qu'il a bu d'un trait. Il en voulait d'autre, mais il m'a d'abord demandé mon nom, pour pouvoir me faire un cadeau de bienvenue. Je lui ai servi encore trois fois notre vin sucré et très fort avant de lui répondre :

— Cyclope, mon nom est Personne, c'est ainsi que tout le monde m'appelle. N'oublie pas le cadeau que tu m'as promis.

Polyphème m'a cruellement répliqué :

— Je mangerai Personne en dernier. Voilà le cadeau que je te fais.

Le vin ayant déjà commencé à faire effet, le cyclope a basculé en arrière, complètement ivre et endormi. Du vin

*Le saisissant avec l'aide de quatre de mes compagnons, je l'ai planté dans l'unique œil du cyclope*

et des morceaux de viande sortaient de son énorme bouche.

J'ai alors mis le pieu au feu jusqu'à ce qu'il soit rouge puis, l'en ai retiré. Le saisissant avec l'aide de quatre de mes compagnons, je l'ai planté dans l'unique œil du cyclope et l'ai tourné plusieurs fois dans l'orbite, pour le brûler complètement.

Le cyclope a poussé un horrible gémissement de douleur qui a retenti dans toute la grotte.

Nous sommes allés nous réfugier au fond de la caverne. Le géant a arraché le pieu plein de sang que nous avions laissé planté dans son œil, l'a jeté par terre et a appelé les autres cyclopes.

Ceux-ci ont aussitôt accouru à l'entrée de la grotte, qui était toujours bloquée par l'énorme rocher. Ils ont demandé à Polyphème ce qui se passait, si quelqu'un était en train de le tuer.

Depuis l'intérieur, il leur a répondu :

— Personne est en train de me tuer.

Ils ont donc conclu :

— Si personne ne te tue, c'est que tu es malade et il n'y a rien que nous puissions faire. Prie Zeus de te guérir.

Et ils sont repartis.

Je souriais en pensant que mon plan avait très bien fonctionné.

Désormais aveugle, le géant Polyphème avait terriblement mal. Ayant repoussé la roche à tâtons, il s'est assis à l'entrée de la grotte, en tendant les bras pour toucher tout ce qui en sortirait.

C'est à ce moment que j'ai pensé à la façon de nous échapper.

*Désormais aveugle, le géant Polyphème avait terriblement mal*

J'ai lié ensemble trois moutons à la laine épaisse et sombre. Sous le mouton du milieu, j'ai attaché l'un de mes compagnons. J'ai fait la même chose pour les autres. Prenant ensuite le mouton le plus gros, celui avec le plus de laine, je me suis fixé à son ventre.

Le lendemain matin, les animaux sont sortis de la grotte. Polyphème les tâtait pour voir si nous sortions sur leur dos, mais ne vérifiait pas leur ventre. Le mouton auquel j'étais accroché était son préféré. Il s'est étonné que celui-ci sorte le dernier, car il était toujours le premier à le faire. Il l'a soulevé, mais n'a pas touché son ventre. Puis il l'a laissé partir, avec moi dessous.

Une fois hors de la grotte, j'ai détaché mes compagnons. J'ai fait un mouvement des sourcils pour leur faire comprendre de ne pas dire un mot. Sans bruit, nous sommes retournés au bateau, en emportant quelques moutons.

De la mer, j'ai crié à Polyphème :

— Cyclope, tu n'aurais pas dû employer la force pour manger mes compagnons. Nous étions tes invités. Les dieux t'ont puni.

Le géant a pris la cime d'une montagne et l'a lancée en direction de ma voix. Elle est presque retombée sur le

*Le mouton auquel j'étais accroché était son préféré*

bateau, qu'elle aurait aisément détruit. Elle est tombée juste devant nous et le mouvement de l'eau nous a ramenés près de la rive.

D'un geste, j'ai ordonné à mes hommes de ramer de toutes leurs forces et nous sommes parvenus à reprendre le large.

Nous étions déjà assez loin et, même si mes compagnons me suppliaient de ne rien dire de plus, j'ai crié ces paroles au géant :

— Cyclope, si quelqu'un te demande qui t'a rendu aveugle, dis-lui que c'est Ulysse, fils de Laërte, et que sa patrie est Ithaque.

M'ayant entendu, Polyphème a répondu, de sa voix tonitruante :

— Un grand devin m'a dit, il y a longtemps, qu'un certain Ulysse me rendrait aveugle. Mais j'attendais qu'un homme comme moi se présente, courageux et très fort, pas un petit homme comme toi, qui m'as dupé avec son vin.

Criant très fort, le cyclope a prié son père Poséidon, le dieu de la mer, de faire en sorte que je ne retourne jamais dans mes terres. Et que si mon destin était de les revoir,

*Il nous a lancé un autre énorme rocher*

que ce soit bien plus tard et de malheureuse façon, dans un bateau qui ne serait pas le mien et après avoir perdu tous mes compagnons.

Il nous a lancé un autre énorme rocher, mais comme nous nous étions déjà assez éloignés, il est tombé derrière le bateau. La vague nous a poussés plus loin, vers la petite île où nous attendaient les autres compagnons.

Là-bas, nous nous sommes partagé les brebis de Polyphème. Nous avons mangé beaucoup de viande et nous avons bu jusqu'au coucher du soleil. Nous nous sommes reposés et, au lever du jour, nous avons repris la mer, le cœur attristé par la disparition de nos amis.

# ÉOLE ET L'OUTRE DES VENTS

Nous sommes arrivés à l'île d'Éolie, une île flottante entourée d'un haut mur et à l'intérieur de laquelle se trouve un énorme rocher escarpé. C'est là que vit Éole, le dieu des vents, qui m'a traité comme un ami. Il m'a questionné sur beaucoup de choses : Troie, le retour des Grecs, etc. Nous sommes restés chez lui durant un mois.

Lorsque j'ai voulu m'en aller, il m'a donné les souffles des vents enfermés dans une outre faite du cuir d'un bœuf de neuf ans. Éole les commandait. Il pouvait les calmer ou les faire souffler avec force. Si quelqu'un devait ouvrir l'outre, tous les vents en sortiraient et provoqueraient un ouragan.

Éole a attaché l'outre dans le bateau à l'aide d'un fil d'argent brillant, de telle manière que la moindre rafale ne s'en échappe pas. Il n'a laissé dehors que le vent Zéphyr pour que, en soufflant doucement, il pousse nos bateaux.

Nous avons navigué durant neuf jours et neuf nuits. Au dixième jour, nous avons aperçu au loin notre terre, Ithaque. Voyant que nous arrivions enfin à la maison, épuisé d'avoir toujours été celui qui tenait le gouvernail, je me suis laissé vaincre par le sommeil.

Pendant que je dormais, mes compagnons ont parlé des nombreux cadeaux que je rapportais chez moi, alors qu'eux-mêmes rentraient les mains vides. Comme ils pensaient que l'outre que m'avait donnée Éole était pleine d'or et d'argent, ils ont décidé de l'ouvrir pour vérifier, pensant peut-être se partager le butin.

Dès qu'ils ont détaché le fil d'argent, tous les vents se sont échappés avec fureur. Une terrible tempête s'est levée et a entraîné les bateaux vers le large.

Après avoir presque fait naufrage, nous avons atteint, une fois de plus, l'île d'Éolie.

Lorsqu'il a su ce qui s'était passé, Éole m'a chassé, furieux :

— Sors d'ici immédiatement ! Je ne peux pas aider un homme que les dieux détestent. Si tu es revenu, c'est parce qu'un dieu te veut du mal. Va-t-en !

*Tous les vents se sont échappés avec fureur.*
*Une terrible tempête s'est levée*

# LA SORCIÈRE CIRCÉ ET SES SORTILÈGES

Nous sommes retournés aux bateaux et nous avons encore une fois ramé sans relâche. Nous étions épuisés. Après sept jours de navigation, nous avons atteint la ville de Lestrigonie, où se trouvait un port protégé par deux hauts rochers.

J'ai envoyé trois de mes compagnons découvrir qui étaient les Lestrigons.

Dès que le roi, Antiphatès, qui était aussi grand qu'une montagne, les a aperçus, il en a attrapé un et l'a mangé. Les deux autres ont pu s'enfuir et revenir aux bateaux. Mais les géants lestrigons nous ont lancé, depuis les hauteurs, toutes sortes de rochers énormes qui coulaient nos embarcations. Voyant cela, j'ai coupé, avec mon épée, les

*Ils nous ont lancé, depuis les hauteurs, toutes sortes
de rochers énormes*

amarres de mon navire à la proue bleuâtre et j'ai pris la
mer aussi vite que j'ai pu.

Seul mon bateau a été sauvé du désastre. Tous les autres, et plusieurs de mes hommes, ont été engloutis dans le port des Lestrigons.

Naviguant toujours, nous sommes arrivés à l'île d'Aiaié, où vivait Circé aux jolies tresses, une puissante déesse, fille d'Hélios et petite-fille d'Océan.

Nous sommes entrés dans le port sans faire trop de bruit et avons amarré le bateau. Complètement épuisés, nous nous sommes allongés sur la terre, où nous avons dormi deux jours de suite. Nous n'en pouvions plus de la fatigue et des malheurs.

Le troisième jour, j'ai grimpé, armé de ma lance et de mon épée, au sommet de la montagne pour voir s'il ne vivait pas quelqu'un sur cette terre.

J'ai aperçu de la fumée s'élever entre une plantation de chênes et une épaisse forêt.

J'ai d'abord voulu m'y rendre seul, pour voir qui avait allumé ce feu, mais j'ai ensuite pensé qu'il était plus prudent de rejoindre mes compagnons, trouver de la nourriture pour nous tous et ensuite envoyer un groupe en éclaireurs.

J'arrivais près du bateau lorsque j'ai aperçu un grand cerf au haut panache descendre boire à la rivière. Je me

*...et, la posant sur mes épaules, je l'ai descendue péniblement
jusqu'à la plage*

suis approché de lui et l'ai tué en lui plantant ma lance
dans le dos. J'ai ensuite lié les pattes de l'énorme bête et,
la posant sur mes épaules, je l'ai descendue péniblement
jusqu'à la plage. Ainsi, nous avons tous pu manger.

À la tombée de la nuit, nous nous sommes endormis.

Le lendemain, j'ai dit à mes compagnons que j'avais vu de la fumée et que nous devions aller voir qui vivait sur cette terre. Au souvenir des Lestrigons et du cyclope, mes compagnons pleurèrent. Ils imaginaient de nouveaux et terribles périls. Sans m'en formaliser, j'ai formé deux groupes : j'ai confié le commandement de vingt-deux hommes à Eurylochos, pendant que moi, je mènerais les autres. Nous avons tiré au sort le groupe qui partirait en exploration et c'est Eurylochos qui a gagné.

Dans une vallée, ils ont découvert le palais de pierre de Circé. Tout autour, il y avait des loups et des lions que la déesse avait envoûtés grâce à des potions magiques. Pour cette raison, ces animaux n'ont pas attaqué mes hommes. Ils s'en sont plutôt approchés pacifiquement, remuant leurs longues queues, comme des chiens qui aperçoivent leurs maîtres.

En arrivant à l'entrée du palais, mes hommes ont entendu Circé qui chantait une belle chanson. Ils l'ont appelée. Elle leur a ouvert sa magnifique porte et les a invités à entrer. Ils l'ont tous suivie, sauf Eurylochos, qui est resté dehors parce qu'il craignait un danger.

*En arrivant à l'entrée du palais*

*Les frappant de sa baguette, elle les a transformés en porcs*

Circé a fait s'asseoir mes hommes dans des chaises et des fauteuils. Elle leur a servi à manger un mélange de fromage, de farine et d'hydromel, dans lequel elle avait mis un philtre qui les a privés de mémoire. Les frappant

de sa baguette, elle les a transformés en porcs et les a aussitôt enfermés dans la porcherie. Ils avaient des corps de porcs, mais des cerveaux d'hommes et, se voyant ainsi, ils gémissaient. Circé leur a donné des glands à manger.

Eurylochos, ayant vu tout cela, est tout de suite revenu nous raconter le terrible malheur. Il voulait que nous partions immédiatement, mais je lui ai dit de rester là, à côté du bateau, pendant que j'irais au palais de la maligne déesse.

# LE DIEU  HERMÈS AIDE ULYSSE

Pendant que je me rendais chez Circé, le dieu Hermès, sous l'apparence d'un beau jeune homme, est venu à ma rencontre :

— Où vas-tu dans ces parages, tout seul et sans connaître cette terre ? Tes amis sont enfermés dans la porcherie, transformés en porcs, au palais de Circé. Tu les libéreras ? Je crois plutôt que tu ne reviendras pas. Bientôt, tu seras comme eux.

Mais j'ai pitié de toi et pour cette raison, je t'aiderai : je te donnerai un remède qui te protégera des mauvais sorts de la déesse. Prends-le calmement avant de manger le savoureux mélange qu'elle te donnera et dans lequel elle aura mis des philtres maléfiques.

Puis, lorsque tu verras qu'elle s'apprête à te toucher avec sa grande baguette, sors ton épée et fais comme si tu allais la tuer. Elle voudra alors être ton amie. Ne refuse pas, mais fais-la d'abord jurer qu'elle ne te fera aucun mal.

Hermès a arraché du sol une plante à racine noire et à fleur blanche comme le lait et me l'a donnée. Il est ensuite reparti vers l'Olympe, pendant que je reprenais mon chemin vers le palais de Circé.

Tout s'est déroulé comme le dieu me l'avait prédit. Lorsque Circé a cru que j'allais l'attaquer avec mon épée, elle s'est jetée à genoux en pleurant :

— Qui es-tu et d'où viens-tu ? Je ne sais pas comment tu as pu boire ces philtres sans être envoûté, parce que personne n'a pu résister à leur pouvoir. Tu es sûrement Ulysse. Hermès m'a parlé de toi. Il m'a prévenue que tu arriverais ici après être sorti de Troie. Range donc ton épée, soyons amis.

— Comment puis-je te faire confiance, lui ai-je rétorqué, alors que tu as transformé mes amis en porcs ? Jure-moi que tu ne me feras aucun mal et nous serons amis.

Circé aux jolies tresses me l'a juré.

Elle a ensuite ordonné à ses servantes de me préparer un bain parfumé et de m'apporter des vêtements élégants

*Elle s'est jetée à genoux en pleurant*

et un copieux repas. Mais refusant de manger, j'ai attendu calmement, les larmes aux yeux. La déesse, en me voyant ainsi, s'est inquiétée :

— Ulysse, pourquoi restes-tu muet, sans manger et sans boire ? Ne crains pas que je te fasse du mal, puisque j'ai juré que je ne le ferais pas.

Je lui ai répondu :

— Comment veux-tu que je mange et que je boive quand je sais que mes amis ont été transformés en porcs et qu'ils sont enfermés dans la porcherie ? Redonne-leur forme humaine et je mangerai et boirai avec toi.

Circé est sortie du palais et a ouvert les portes de la porcherie. Lorsque mes amis sont sortis, elle a enduit leur corps de porc d'une nouvelle potion magique. Ils sont aussitôt redevenus des hommes, plus jeunes, plus grands et plus beaux qu'auparavant.

Tous m'ont reconnu et, un à un, ils m'ont serré la main. Nous avons pleuré d'émotion. Même Circé a été émue par nos larmes.

La déesse m'a invité à tirer mon bateau plus avant sur la terre, à cacher mes richesses dans les grottes et à amener mes autres compagnons au palais.

*Ils sont aussitôt redevenus des hommes*

Je suis allé les chercher sur la plage. Lorsqu'ils m'ont vu, ils m'ont tous entouré, émus. Ils avaient cru que je ne reviendrais jamais.

Je leur ai raconté ce qui s'était passé, puis je leur ai annoncé ce qu'ils devaient faire. Ils ont tous obéi, parce qu'ils avaient hâte de revoir leurs amis et ce, même si Eurylochos tentait de les convaincre qu'il s'agissait d'un nouveau piège et qu'ils seraient eux aussi transformés en porcs.

En arrivant au palais de Circé, nous avons trouvé nos compagnons en train de manger et de boire, tout heureux, vêtus de capes et de tuniques élégantes que la déesse leur avait données. Quelle joie nous avions de nous revoir! Nous nous sommes tous assis pour festoyer.

Nous sommes restés là-bas une année entière, à manger de la bonne viande et à boire du bon vin. Mais lorsque les saisons se sont remises à passer, mes compagnons m'ont rappelé que nous devions retourner dans notre patrie.

# CIRCÉ ANNONCE DE NOUVEAUX DANGERS À ULYSSE

Cette nuit-là, en discutant avec Circé, je lui ai rappelé la promesse qu'elle m'avait faite un jour de ne pas me retenir de force et de m'aider à retourner dans mon pays.

La déesse a tenu parole. Elle nous a dit de manger tranquillement au palais ce soir-là, avant d'appareiller le lendemain.

À la tombée de la nuit, alors que nous allions tous dormir, Circé s'est assise à côté de moi pour me parler :

— Je vais te faire part des dangers que tu rencontreras sur ta route, afin que tu puisses les éviter et rentrer chez toi sain et sauf.

« Tout d'abord, tu trouveras les sirènes aux grandes ailes. Elles sont mi-oiseaux, mi-femmes. Par leur chant, elles attirent et enchantent tous ceux qui les approchent, puis elles les dévorent. Elles chantent si merveilleusement bien que quiconque les entend oublie sa femme et ses enfants et se rend au pré où elles vivent entourées des ossements de ceux qui sont déjà venus. Afin qu'il ne vous arrive pas ce qui est arrivé à tous les autres, bouche les oreilles de tes compagnons avec de la cire. Si toi, tu veux entendre leur beau chant, demande qu'on t'attache les pieds et les mains au mât de ton bateau. Et que personne ne te détache, même si tu les supplies de le faire.

Une fois que tu auras passé les sirènes, tu arriveras devant deux énormes rochers. L'un d'eux touche le ciel de son sommet toujours couronné d'un nuage sombre. Sa surface étant complètement lisse, aucun homme ne peut l'escalader. À mi-hauteur, il y a une grotte si profonde qu'aucune flèche tirée par un archer expert ne pourrait en atteindre le fond. C'est là que vit Scylla, un monstre qui a douze pieds difformes, six cous très longs et six têtes dont chacune a trois rangées de dents, pleines de la mort noire. Elle hurle comme une chienne qui vient de naître. La moitié de son corps reste dans la grotte et elle n'a qu'à sortir ses têtes pour manger des dauphins et des monstres marins. Si un bateau passe tout près, elle attrape les marins et les avale.

*Par leur chant, elles attirent et enchantent tous ceux
qui les approchent*

Sur l'autre énorme rocher, tu verras un figuier sauvage
et à son pied, Charybde, qui aspire l'eau trouble. Trois
fois par jour, elle la crache et trois autres fois, elle l'aspire
d'une manière terrifiante. Ne t'en approche pas, car tu ne
pourrais pas échapper à la mort. Tu dois passer près de

Scylla, puisqu'il vaut mieux perdre six de tes compagnons que de mourir tous ensemble. »

En entendant ce qu'elle me racontait, j'ai demandé à Circé s'il n'y avait pas un moyen d'éviter que Scylla ne dévore mes hommes.

— Malheureux! On ne peut rien faire contre Scylla. Elle n'est pas mortelle, elle est plutôt une plaie qui ne disparaît jamais. Vous devez la fuir le plus rapidement possible. Si vous vous arrêtez, elle aura le temps de se lancer une deuxième fois sur les gens de ton bateau.

Circé a continué à m'annoncer d'autres dangers :

— Tu atteindras Thrinacie, où paissent les sept cents vaches et brebis d'Hélios. Elles ne se reproduisent pas, mais elles ne meurent pas non plus. Tu ne dois pas toucher au bétail. Si tu fais ce que je te dis, tu pourras encore arriver sans mal chez toi. Mais si quelqu'un tue un seul animal, je t'annonce que tu perdras tous tes amis et ton bateau. Et même si tu t'échappes, tu arriveras seul, dans très longtemps et dans un triste état, dans ta patrie.

C'est ainsi que Circé m'a fait part des dangers que j'aurais à affronter. Au lever du jour, nous avons pris la mer.

*Sur l'autre énorme rocher, tu verras un figuier sauvage*

# Deux nouvelles aventures : Le chant des sirènes, Scylla et Charybde

Pendant que nous naviguions, j'ai expliqué à mes compagnons ce qu'ils devraient faire lorsque nous arriverions à l'île des sirènes.

Nous n'avons pas tardé à l'apercevoir au loin.

J'ai pris de la cire, que j'ai fait fondre au soleil, et j'ai bouché les oreilles de mes compagnons. Ceux-ci m'ont ensuite attaché au mât à l'aide de solides cordes. Ils se sont aussitôt mis à ramer avec force.

Comme nous passions près de la rive, les sirènes ailées nous ont aperçus et ont commencé à chanter, tout en m'appelant :

— Ulysse, gloire des Grecs, approche-toi! Tu entendras notre beau chant. Tous ceux qui passent par ici ne peuvent se lasser de l'écouter. Et tous repartent en sachant bien plus de choses qu'en arrivant. Nous chantons tout ce que les Grecs et les Troyens ont souffert durant la guerre de Troie et tout ce qui se passe sur la Terre, car nous sommes au courant de tout.

En entendant cela, j'ai remué les sourcils pour dire à mes compagnons de me détacher. Mais les uns se sont mis à ramer plus fort et les autres ont resserré mes liens.

*... les autres ont resserré mes liens*

Une fois l'île derrière nous, ils ont retiré la cire de leurs oreilles et m'ont détaché.

Au bout d'un moment, j'ai aperçu au loin une épaisse fumée et de terribles vagues. J'ai aussi entendu un fracas épouvantable. J'ai aussitôt avisé le capitaine de tenter d'éloigner le bateau de la fumée et des vagues et de l'approcher autant que possible du rocher qui se trouvait là. Je ne leur ai rien dit de l'inévitable Scylla, afin qu'ils n'abandonnent pas les rames pour aller se cacher dans le bateau.

Nous étions terrorisés devant Charybde, qui aspirait l'eau de mer d'une façon terrifiante et qui, en la recrachant, la faisait bouillonner comme à l'intérieur d'un chaudron sur le feu.

Soudain, Scylla a attrapé six de nos meilleurs rameurs. J'ai vu leurs pieds et leurs mains se débattre dans l'air pendant qu'ils criaient mon nom pour la dernière fois.

*Soudain, Scylla a attrapé six*
*de nos meilleurs rameurs*

# LES VACHES D'HÉLIOS

Après avoir échappé aux deux rochers, celui de Scylla et celui de Charybde, nous sommes arrivés rapidement à Thrinacie, où se trouvaient les vaches et les brebis d'Hélios, fils d'Hypérion.

Alors que nous étions encore en mer, j'entendais le meuglement des vaches et le bêlement des brebis. Me rappelant ce que Circé m'avait dit, j'ai prévenu mes compagnons.

— Circé m'a recommandé de ne pas nous arrêter sur cette île où paissent les bêtes d'Hélios. Mais si nous le faisons parce que nous sommes fatigués, vous devez me promettre que personne ne tuera d'animal sur cette île et que nous mangerons seulement ce que Circé nous a donné avant de partir.

Tous me l'ont promis et nous avons mis pied à terre. Nous avons mangé et bu ce que nous avions, tristes pour nos amis disparus.

À la tombée de la nuit, nous nous sommes endormis.

Avant le lever du jour, Zeus a envoyé une terrible tempête sur l'île. À notre réveil, nous avons dû cacher notre bateau dans une grotte pour éviter que le vent et les vagues ne le détruisent.

J'ai rappelé à mes compagnons que nous ne pouvions pas manger les bêtes d'Hélios, qui voit tout et entend tout, ou il nous châtierait.

Un vent contraire a soufflé pendant un mois complet. Tant que nous avions des provisions, personne ne pensait aux vaches et aux brebis d'Hélios. Mais lorsque la nourriture s'est mise à manquer et que nous avons dû nous mettre à pêcher à l'hameçon, j'ai réalisé que mes compagnons pensaient au bétail.

Très inquiet, je suis parti à l'intérieur de l'île chercher quelqu'un qui pourrait me dire comment rentrer dans notre patrie.

Fatigué de marcher, je me suis assis et je me suis endormi.

Lorsque je suis revenu à la plage, mes compagnons faisaient rôtir les vaches les plus belles. Ils avaient décidé qu'il n'y avait pas de malheur plus grand que celui de mourir de faim.

*Je réduirai leur bateau en miettes d'un coup d'éclair rougeoyant*

Lorsque Hélios a vu ce que nous avions fait de ses bêtes, il est allé voir Zeus, le père des dieux :

— Zeus, père, punis les compagnons d'Ulysse pour avoir tué mes vaches ! J'aimais les voir lorsque je montais au ciel et lorsque je retournais ensuite sur la terre. Si tu ne me venges pas, je descendrai en Hadès, le royaume des ombres, et j'illuminerai les morts.

Zeus lui a répondu :

— Hélios, continue d'illuminer ceux qui vivent sur la terre, puisque je punirai ces hommes. Je réduirai leur bateau en miettes d'un coup d'éclair rougeoyant.

C'est Calypso, à la belle chevelure, qui m'a raconté tout cela. Elle le tenait elle-même d'Hermès, le messager des dieux.

Pendant six jours, mes compagnons ont festoyé avec les bêtes d'Hélios. Au septième jour, le vent s'étant calmé, nous avons repris la mer.

Lorsque ni l'île ni aucune terre n'étaient plus à portée de notre vue, une terrible tempête s'est levée. Zeus a lancé un éclair contre notre bateau, le brisant en deux. Tous mes amis sont tombés dans la mer et se sont noyés.

*Je retournais très près de Scylla et de Charybde*

Pour ma part, je m'étais cramponné à la quille du bateau, qui flottait toute seule, et à laquelle j'ai attaché, à l'aide d'une corde qui y était enroulée, le mât qui dérivait de son côté. Allongé sur ces pièces de bois, je me suis laissé emporter par les flots.

Toute la nuit, ils m'ont entraîné ici et là.

Au lever du soleil, je me suis rendu compte que je retournais très près de Scylla et de Charybde, laquelle a aussitôt avalé des morceaux du bateau.

Au même moment, je me suis accroché au figuier qui poussait sur les rochers les plus bas de Charybde. J'étais comme une chauve-souris, suspendu par les mains, ne pouvant appuyer mes pieds nulle part.

Avant de me laisser retomber dans l'eau pour aller remonter sur la quille et le mât, j'ai attendu que Charybde les recrache.

Avec mes bras, j'ai aussitôt ramé pour m'éloigner de cet effroyable endroit.

De là, j'ai erré en mer durant neuf jours. Au dixième jour, je suis arrivé à l'île d'Ogygie, où vit la nymphe Calypso, qui m'a accueilli et qui a pris soin de moi.

Le reste, vous le savez déjà, puisque je vous l'ai raconté hier.

# LE RETOUR D'ULYSSE À ITHAQUE

Ulysse avait terminé son récit. Personne ne disait un mot, à cause du plaisir qu'ils avaient à l'écouter.

Le roi Alcinoos, prenant alors la parole, promit à Ulysse de l'aider à retourner dans sa patrie pour qu'il n'ait plus à errer sur les mers. Il lui fit de nombreux cadeaux et demanda à ses amis de lui en donner, eux aussi, beaucoup afin qu'il ne retourne pas dans ses terres les mains vides.

Les hommes du roi Alcinoos préparèrent un grand bateau. Ils y déposèrent tous leurs présents et choisirent leurs meilleurs rameurs.

Le départ eut lieu pendant la nuit. Les marins placèrent un couvre-lit et une toile de lin sur le bois de la poupe pour permettre à Ulysse de s'allonger et de dormir.

Un sommeil doux et profond fit en sorte que le héros ne vit pas la poupe du bateau qui s'élevait en avançant sur

... *l'étoile annonçant l'aube*

la mer. Elle ressemblait aux chevaux qui se lancent au galop, sous les coups de fouet, tirant le char dans une course de quadrige. Lorsque l'étoile annonçant l'aube apparut, ils arrivèrent à Ithaque.

Le bateau accosta sur la plage. Les marins sortirent Ulysse, qui dormait encore sur le couvre-lit et la toile de lin, et le déposèrent sur le sable. Ils déchargèrent ensuite toutes les richesses que les chefs des Phéaciens lui avaient données.

# CONVERSATION ENTRE ATHÉNA ET ULYSSE

Ulysse se réveilla de son profond sommeil et vit qu'il était seul sur une plage qu'il ne reconnaissait pas. Athéna l'avait enveloppé dans un nuage qui le ferait passer inaperçu auprès des siens et qui lui permettrait ainsi d'en finir avec les prétendants de Pénélope, sa femme. À cause de ce nuage, tout lui semblait différent. Il ne se rendait pas compte qu'il était dans sa patrie.

Ulysse regarda les richesses répandues sur le sable et, ne sachant ni quoi faire ni où aller, il se mit à pleurer sa terre aimée.

Athéna, sous l'apparence d'un jeune berger qui portait un javelot à la main, s'approcha de lui. Heureux de voir quelqu'un, Ulysse lui demanda sur quelle terre il se trouvait et quel peuple y habitait.

Le berger lui annonça qu'il était à Ithaque, terre de blé et de vin, de chèvres et de bœufs, puis voulut savoir qui il était et comment il était arrivé sur cette plage.

Quelle joie eut Ulysse en entendant cela! Mais il la dissimula parce qu'il ne savait pas qui était ce berger. Il lui cacha aussi la vérité en lui racontant une fausse histoire.

Il dit au berger qu'il venait de Crète, d'où il avait dû s'enfuir après avoir tué un homme qui avait voulu lui voler tout ce qu'il avait gagné à Troie, et que des Phéniciens l'avaient pris sur leur bateau. Il leur avait demandé de l'emmener à Pylos, mais le vent les avait fait dévier de leur route et, pendant la nuit, ils l'avaient abandonné sur cette plage, avec ses richesses.

Athéna sourit en entendant cette kyrielle de mensonges inventés par l'astucieux Ulysse. Elle se transforma alors en une belle et grande dame et parla ainsi au héros:

— Tu ne te fatigues donc jamais d'inventer des mensonges intelligents! Tu n'y renonces même pas dans ta patrie! Mais laissons cela, étant donné que tu te démarques parmi les hommes par ton adresse et ta ruse et que je fais de même, pour les mêmes raisons, parmi les dieux.

Tu ne m'as pas encore reconnue? Je suis Pallas Athéna, fille de Zeus, qui te viens toujours en aide et te protège! Je vais maintenant te dire ce que tu dois faire. Tout d'abord, nous cacherons tes richesses dans une grotte, ensuite je te révélerai ce qui t'attend. Mais surtout, ne dis à personne qui tu es!

Ulysse lui répondit:

— Il est très difficile pour un homme, déesse, aussi sage soit-il, de te reconnaître, puisque tu prends l'apparence que tu veux! Je sais que tu me protégeais à Troie, mais j'ai ensuite erré en mer pendant des années. Dis-moi la vérité: suis-je enfin arrivé dans ma patrie?

Athéna fit disparaître le nuage qui empêchait Ulysse de distinguer ce qui l'entourait et celui-ci put reconnaître sa terre bien-aimée, qu'il embrassa avec émotion.

Ils emportèrent toutes ses richesses dans une grotte cachée et, plus tard, assis au pied d'un olivier, ils continuèrent de parler.

— Pense à la façon dont tu en finiras avec ces prétendants effrontés qui veulent épouser ta femme et qui passent leurs journées dans ton palais à manger ton bétail et à boire tes vins, lui conseilla Athéna. Pénélope donne

*Je suis Pallas Athéna, fille de Zeus*

espoir à tous, mais elle ne choisit personne. Elle ne pense qu'à toi et à ton retour.

Ulysse, en apprenant cela, remercia la déesse pour sa protection. Sans elle, les prétendants l'auraient tué, comme le roi Agamemnon, assassiné dès son arrivée dans son palais par le traître Égisthe.

— Prépare un plan pour que je puisse les punir et donne-moi courage et force, demanda-t-il à la déesse.

*Elle lui donna un bâton et une vieille gibecière*

Athéna froissa alors le visage d'Ulysse, lui donnant l'aspect d'un vieillard que personne ne reconnaîtrait. Elle lui enleva ses cheveux blonds bouclés et le vêtit de haillons sales. Enfin, elle lui donna un bâton et une vieille gibecière pleine de trous :

— Va tout d'abord trouver le gardien de porcs, qui t'aime beaucoup et qui adore ton fils, et la prudente Pénélope. Reste avec lui, pendant que je vais à Sparte dire à ton fils, Télémaque, de venir tout de suite te retrouver. Il est allé là-bas chercher des nouvelles de toi, et aussi parce que je voulais qu'il se fasse connaître. Un groupe de prétendants le guettent, cachés dans un bateau noir, pour le tuer à son retour, mais il n'en sera pas ainsi.

Sur ce, ils se séparèrent. Athéna s'en alla à Sparte retrouver Télémaque.

# Ulysse
# et le gardien
# de porcs Eumée

Ulysse se rendit à la forêt où la déesse lui avait dit qu'il trouverait le gardien de porcs Eumée. Lorsqu'il arriva à la porte de la porcherie, les quatre gros chiens qui la gardaient coururent dans sa direction en aboyant pour l'attaquer. Heureusement Eumée, en les entendant, sortit aussitôt. Il les appela et les chassa à coups de pierre. Il s'adressa ensuite à celui qu'il croyait être un vieillard :

— Vieillard, vous avez failli être dépecé par les chiens ! Il ne m'aurait plus manqué que ce malheur, avec tout le chagrin qui me consume ! Je dois élever et engraisser ces porcs pour nourrir les odieux prétendants de Pénélope, alors que je ne sais même pas si mon maître est mort ou s'il est quelque part à crier famine. Mais viens avec moi, je te donnerai à manger et à boire. Tu pourras ainsi me raconter qui tu es, d'où tu viens et les malheurs dont tu as souffert.

Eumée alla chercher un porc, le tua et en fit rôtir la viande pour Ulysse. Il lui donna du vin doux comme le miel et lui expliqua que les prétendants dévoraient chaque jour les porcs les plus gros et buvaient les meilleurs vins.

Ulysse, tout en mangeant avec appétit, demanda au porcher qui était son maître, comme s'il ne le savait pas! Il inventa que, ayant passé par tellement d'endroits, il en aurait peut-être entendu parler.

Eumée lui parla ainsi :

— Vieillard, tout homme qui arrive à Ithaque raconte des mensonges à ma maîtresse au sujet de son époux, Ulysse. Elle les écoute, leur pose des questions et pleure. Mais aucune nouvelle n'est certaine. Je sais que tu inventeras toi aussi une histoire pour qu'on te donne une cape et une tunique. Je sais que mon maître est mort et, pour cette raison, je ne fais rien d'autre que pleurer. Je ne trouverai jamais un autre maître comme lui! Personne ne me traitera avec autant d'affection que lui! Je l'appelle mon maître et mon ami, même s'il est loin et que je sais que je ne le reverrai plus!

Ulysse lui répondit :

— Je te promets qu'Ulysse reviendra. Lorsque tu le verras entrer dans son palais, je demanderai la cape et la tunique, pas avant. Que les dieux en soient témoins, je te dis la vérité : Ulysse viendra ici cette année. Avant la prochaine lune, il reviendra chez lui et se vengera de ceux qui pillent ses richesses.

Le porcher, sans se douter qu'il parlait à son maître, lui rétorqua :

*Je sais qu'il ne reviendra jamais*

— Vieillard, je sais qu'il ne reviendra jamais. Mais bois quand même en toute quiétude. Changeons de sujet, je ne veux plus penser à cela. Chaque fois que j'entends parler d'Ulysse, je ressens un chagrin immense. Et de plus, maintenant, je suis très inquiet pour son fils, Télémaque. Il est allé à Pylos et à Sparte chercher des nouvelles de son père et j'ai peur qu'il lui arrive un malheur. Les prétendants lui ont tendu un piège pour son retour. Ils veulent en finir avec la lignée de Laërte. Mais laissons cela et raconte-moi qui tu es, d'où tu viens et comment tu es arrivé jusqu'ici.

# ULYSSE INVENTE UNE AUTRE HISTOIRE

Ulysse se mit à inventer une autre longue histoire, différente de celle qu'il avait racontée à Athéna. Il fit croire qu'il était un pauvre Crétois qui, grâce à sa bravoure, s'était marié avec une femme très riche, mais qui avait tout perdu.

Il raconta à Eumée qu'il avait été un guerrier très courageux qui avait participé à la guerre de Troie avant d'aller en Égypte, où il avait vécu sept ans et amassé beaucoup de richesses. Un Phénicien l'avait dupé, l'emmenant d'abord dans son pays, puis en Libye, où il avait voulu le vendre comme esclave. Il termina ainsi son récit :

— Une terrible tempête a détruit le bateau du Phénicien, mais j'ai pu m'accrocher au mât et atteindre le pays des

Thesprotes. Là-bas, on m'a parlé d'Ulysse. On m'a dit que le roi l'hébergeait dans son palais. On m'a montré les nombreuses richesses qu'il avait accumulées. Ce jour-là, il était parti consulter l'oracle de Dodone pour savoir s'il devait rentrer chez lui en cachette ou de manière à ce que tout le monde le voie dès qu'il toucherait terre. On m'a assuré qu'un bateau avait été préparé pour le ramener dans son pays.

Je me suis alors embarqué avec des marins thesprotes qui m'ont pris mes vêtements et m'ont donné ces haillons que tu vois. Ils voulaient me vendre comme esclave à Ithaque. Ils m'ont attaché au bateau et sont redescendus sur terre, mais j'ai pu me détacher facilement et je me suis enfui à la nage. Je me suis caché et, même s'ils m'ont cherché, ils ne sont pas parvenus à me trouver. Lorsque j'ai vu leur bateau s'en aller, j'ai pris le chemin qui m'a mené jusqu'ici.

Ce vieillard, qui avait vécu tant d'aventures et qui avait tant souffert, inspira beaucoup de pitié au débonnaire Eumée, mais celui-ci ne crut pas les nouvelles qu'on lui donnait de son maître parce que d'autres vagabonds lui avaient déjà raconté d'autres histoires.

*Cette nuit-là, il plut beaucoup*

Ulysse resta toute la journée avec le porcher, qui lui servit à manger et à boire.

Cette nuit-là, il plut beaucoup et le vent se leva avec furie. Eumée prépara un lit près du feu, pour le vieillard, avec des peaux de mouton et de chèvre pour qu'il n'ait pas froid.

Il enfila enfin ses vêtements les plus épais, mit une cape pour se protéger du vent et alla dormir dans une grotte où se trouvaient ses porcs, pour s'assurer que la tempête ne les tue pas.

# TÉLÉMAQUE RENTRE À ITHAQUE

Athéna arriva à Sparte durant la nuit. Télémaque, qui pensait à son père, ne dormait pas. Elle s'arrêta à côté de lui et lui dit de retourner tout de suite chez lui, de demander au roi Ménélas de le laisser partir immédiatement. De plus, elle le prévint :

— Certains des prétendants attendent ton retour, cachés dans un bateau pour t'attaquer en mer. Ils sont dans le détroit qui sépare Ithaque de Samos. Fais passer ton bateau à bonne distance des îles et navigue de nuit. Tu auras le vent en ta faveur. Dès que tu arriveras sur la côte d'Ithaque, rends-toi chez le porcher Eumée. Dors là-bas, mais demande-lui de prévenir ta mère que tu es revenu sain et sauf.

Sur ces mots, Athéna retourna sur l'Olympe.

*Les deux amis se mirent en route*

Télémaque réveilla Pisistrate pour lui annoncer qu'il devait retourner dans ses terres. Son ami, prudent, lui suggéra d'attendre le lever du jour parce qu'il ne pourrait pas guider les chevaux la nuit.

Dès l'aube, Télémaque demanda au roi Ménélas de les laisser partir et les deux amis se mirent en route. Lorsqu'ils arrivèrent à Pylos, au lieu d'aller voir Nestor, Télémaque pria Pisistrate de le laisser au bateau et de faire ses adieux à l'ancien à sa place.

Il prit aussitôt la mer et, grâce au vent favorable, le bateau atteignit Ithaque durant la nuit. Il put ainsi échapper aux prétendants, qui ne le virent pas.

Pendant ce temps, Ulysse et le porcher soupaient dans la cabane. Il confia à Eumée qu'il voulait aller le lendemain au palais demander l'aumône aux prétendants, afin de ne pas être une gêne pour lui. Mais son hôte tenta de lui enlever cette idée de la tête en l'avisant que les prétendants étaient très insolents et qu'ils le maltraiteraient.

Lorsque le jour se leva, Télémaque se rendit à la cabane du porcher, comme Athéna le lui avait ordonné.

# ULYSSE SE RÉVÈLE À SON FILS TÉLÉMAQUE

Ulysse et le porcher avaient allumé le feu et préparaient le déjeuner lorsque Télémaque arriva à la cabane. Plutôt que de japper, les chiens remuèrent la queue en le voyant, car ils le connaissaient très bien.

Ulysse s'en rendit compte et entendit les pas de quelqu'un qui s'approchait. Il en parla à Eumée :

— Un compagnon à toi est arrivé, puisque les chiens remuent la queue et que j'entends des bruits de pas.

Il n'avait pas fini de prononcer ces mots que Télémaque apparut.

Le porcher laissa tomber les tasses avec lesquelles il mélangeait le vin et alla tout de suite à la rencontre de son maître. Il le prit dans ses bras, soulagé :

— Tu es revenu, Télémaque ! Quelle joie ! Je ne pensais plus te revoir ! Entre, que je puisse te regarder à ma guise, tu viens si peu me voir !

— J'arrive directement du port, lui expliqua le jeune homme. Raconte-moi ce qui se passe à la maison. Ma mère a choisi un des prétendants ou tout continue comme avant ?

— Rien n'a changé, lui répondit le porcher. Elle continue de pleurer en espérant que ton père revienne. Elle ne s'occupe pas des prétendants, qui continuent de manger et de boire ce qui est à toi et à ton père.

En entrant dans la cabane, Télémaque aperçut le vieillard qui voulait lui céder sa place. Le jeune homme ne le lui permit pas et prit une autre chaise.

Ils mangèrent tous les trois. Ils étaient affamés.

Télémaque demanda à Eumée qui était leur hôte. Le porcher lui raconta que le vieillard avait vécu de nombreuses aventures et que maintenant, pour survivre, il voulait aller au palais demander l'aumône aux arrogants prétendants.

Le jeune homme promit au vieillard de lui donner des vêtements et lui conseilla de ne surtout pas mendier auprès de ces gens qui riraient de lui.

*Il le prit dans ses bras, soulagé*

Mais avant de continuer la conversation, Télémaque envoya Eumée annoncer à sa mère qu'il était de retour et qu'il allait bien. Il ne voulait surtout pas qu'elle continue de souffrir par sa faute.

Le porcher mit ses sandales et partit sans plus attendre porter la bonne nouvelle à Pénélope.

Voyant que le père et le fils étaient seuls, Athéna apparut devant Ulysse sous les traits d'une belle et grande dame et fit en sorte que Télémaque ne la voie pas.

Elle fit signe au héros de sortir. Dehors, elle lui ordonna de révéler à son fils qu'il était Ulysse pour que, de cette manière, ils puissent tous les deux préparer un plan destiné à tuer les prétendants. Puis, d'un coup de baguette, elle lui rendit son apparence et ses vêtements.

Lorsque Ulysse retourna dans la cabane, Télémaque le vit et fut très étonné du changement. Il pensa que ce devait être un dieu, mais le héros le nia :

— Je ne suis pas un dieu, Télémaque! Je suis Ulysse, ton père. Athéna m'avait transformé en vieillard pour que personne ne me reconnaisse et, maintenant, elle m'a rendu mon aspect pour que tu saches qui je suis.

*Je suis Ulysse, ton père*

Il s'approcha de son fils, très ému. Tous deux s'étreignirent et pleurèrent un long moment sans pouvoir parler.

Ulysse demanda à Télémaque des informations sur les prétendants, pour voir quelle tactique leur permettrait d'en finir avec eux. Il apprit ainsi qu'ils étaient nombreux : cent huit ! Ils ne pourraient pas en venir à bout à eux seuls, à moins qu'un dieu ne les aide.

Malgré cela, Ulysse resta calme. Il dit à Télémaque de rentrer au palais et de se mêler aux prétendants. Pendant ce temps, il irait leur demander l'aumône sous les traits d'un vieillard. S'ils le maltraitaient, Télémaque ne devrait pas intervenir.

Au moment qu'il jugerait opportun, Ulysse lui ferait un signe pour qu'il retire toutes les armes de la salle et les enferme dans une chambre. Il ne devrait laisser que deux épées, deux lances et deux boucliers pour eux deux. Personne ne devrait savoir qu'il était Ulysse, pas même Pénélope et Eumée. Absolument personne.

Il commençait à faire sombre. Après avoir annoncé à Pénélope que son fils était revenu sain et sauf à Ithaque, le porcher retourna dans sa cabane. Ulysse et Télémaque étaient en train de préparer le souper. Athéna était revenue donner un coup de baguette au héros. Celui-ci avait repris l'aspect d'un vieillard en haillons, de sorte qu'Eumée ne suspecta rien.

# ULYSSE RETOURNE DANS SON PALAIS

À l'aube, Télémaque annonça au porcher qu'il allait en ville rendre visite à sa mère. Il lui demanda d'accompagner le vieillard, afin que celui-ci puisse survivre en mendiant auprès des uns et des autres. Il ne pouvait s'en occuper lui-même, avec tous les tracas qu'il avait !

Tandis que Télémaque retournait en ville et qu'il allait rendre visite à sa mère pour lui raconter ce que le roi Ménélas lui avait appris au sujet de son père, Eumée accompagna au palais celui qu'il croyait être un vieux mendiant. Ulysse s'appuyait sur un bâton pour marcher et portait sur son épaule une gibecière pleine de trous.

En arrivant au palais, le vieillard laissa d'abord entrer Eumée.

Argos, le chien d'Ulysse, était allongé près de l'entrée. Il était très vieux, très malade et couvert de tiques.

*Ayant vu son maître, Argos mourut*

Il s'était allongé sur un tas de fumier et ne pouvait plus bouger de là. Soudain il reconnut la voix de son maître! Il leva un peu la tête et les oreilles et, en voyant qu'Ulysse s'approchait, il remua la queue et laissa retomber ses oreilles. C'est tout ce qu'il pouvait faire!

Ulysse ne se risqua pas à le caresser, comme il l'aurait voulu, puisqu'on se serait alors rendu compte qu'il connaissait le chien. En le voyant si malade, une larme glissa sur sa joue. Enfin, il entra au palais et se rendit à la salle où les prétendants mangeaient et buvaient. Ayant vu son maître, Argos mourut. Il avait eu un dernier moment de bonheur!

Ulysse, toujours sous les traits d'un vieil et misérable mendiant, commença à demander l'aumône aux prétendants. Certains lui donnèrent quelque chose, mais Antinoos, qui était le plus cruel et le plus insolent, lui lança le tabouret sur lequel il appuyait ses pieds et le blessa à l'épaule droite.

Ulysse resta ferme comme le roc. Il hocha la tête en silence. Le coup lui avait fait très mal au corps et à l'orgueil.

Quand Eumée raconta à Pénélope que Antinoos avait fait mal à un pauvre mendiant, la reine s'exclama:

*Il lui lança le tabouret*

172

— Si seulement le dieu Apollon, qui tire de fines flèches, pouvait le blesser de la même manière!

Elle envoya le porcher demander au mendiant de venir la voir, afin qu'elle le salue et lui demande s'il avait entendu parler d'Ulysse.

— Il raconte des choses qu'il vous plaira beaucoup d'entendre, ma reine, lui répondit Eumée. Il m'a confié qu'il a en effet entendu parler d'Ulysse et que celui-ci n'est plus très loin, au pays des Thesprotes.

Lorsque Eumée annonça au mendiant que la reine voulait le voir, Ulysse lui expliqua qu'il se rendrait auprès d'elle quand les prétendants seraient partis, après le coucher du soleil, parce qu'il craignait qu'ils lui fassent mal une autre fois.

# LA REINE PÉNÉLOPE PARLE AVEC LE VIEUX MENDIANT

À la tombée de la nuit, les prétendants, rassasiés, rentrèrent chez eux pour dormir.

Ulysse fit signe à Télémaque de s'approcher. À voix basse, il lui dit que c'était le moment de cacher les armes, comme ils l'avaient planifié.

Le jeune homme ordonna à sa nourrice, Euryclée, de les aider en leur éclairant le passage avec une torche pendant qu'ils cachaient les armes. De cette façon, si les prétendants se soûlaient, ils ne pourraient pas les utiliser. C'est du moins ce qu'il lui raconta, mais il pensait à autre chose.

Quand ils eurent terminé, Télémaque alla se reposer, car son père l'exigea. Ulysse se dirigea vers les appar-

*… pendant qu'ils cachaient les armes*

tements de Pénélope pour parler avec elle, comme convenu.

Dès qu'elle le vit, la reine l'invita à s'asseoir et se mit à lui poser des questions.

— Étranger, qui es-tu et d'où viens-tu ? Où est ta patrie ? Qui sont tes parents ?

Ulysse répondit ainsi à Pénélope :

— Ne me demandez pas qui je suis. J'ai été très malheureux et je me mettrais à pleurer si je vous racontais tous mes chagrins.

Mais comme elle insistait, Ulysse inventa une autre histoire passionnante. Il savait très bien raconter les aventures qu'il imaginait. Il lui conta qu'il avait vu son mari Ulysse en Crète, où une tempête l'avait entraîné, et qu'il était resté douze jours avec lui avant de reprendre la mer.

En entendant ces nouvelles de son époux, Pénélope se mit à sangloter désespérément, sans savoir que c'était lui qui les lui racontait, sans se douter qu'elle avait son mari juste devant elle ! Ulysse avait énormément envie de la prendre dans ses bras et de la consoler. Il parvint toutefois à ne laisser aucune larme jaillir de ses yeux.

La reine, pour vérifier s'il mentait ou non, voulut savoir quels vêtements portait Ulysse lorsqu'il l'avait vu. Le mendiant lui répondit :

— Cela fait plus de vingt ans que je l'ai vu, je ne m'en souviens pas très bien ! Il me semble qu'il portait une cape

*Ne me demandez pas qui je suis. J'ai été très malheureux…*

de laine de couleur rouge, avec une broche en or. Sur la cape, il y avait un chien brodé tenant un petit cerf tacheté qui tentait de se libérer. Je ne sais pas si, cette cape, quelqu'un la lui avait offerte ou s'il la portait à son départ.

Pénélope pleura encore plus fort. C'était elle qui la lui avait offert cette cape. C'était elle aussi qui y avait épinglé cette broche! Elle ne doutait plus que le mendiant ait vu Ulysse!

Le vieillard la consola:

— Ne pleure plus, je sais très bien qu'Ulysse est vivant et très près d'ici, au pays des Thesprotes, et qu'il rapporte beaucoup de richesses. Il a perdu ses compagnons dans une tempête parce que ceux-ci ont mangé les vaches et les brebis d'Hélios. Heureusement, il a pu se sauver et atteindre le pays des Phéaciens. Ces derniers, très bons navigateurs, voulaient le ramener ici, mais il a préféré partir à la recherche de richesses pour les rapporter à la maison. Le roi des Thesprotes m'a juré que son bateau était déjà prêt pour le retour à Ithaque et qu'Ulysse était parti consulter l'oracle de Dodone pour savoir s'il devait rentrer dans sa patrie de manière secrète ou non. Je suis parti de là-bas un peu avant et, pour cette raison, il ne doit plus rester beaucoup de temps avant qu'il ne revienne.

La reine, même si elle n'arrivait pas à croire ce que lui racontait le mendiant, sentit qu'elle reprenait espoir. Elle ordonna à ses servantes de laver les pieds du mendiant, de lui donner des vêtements propres et de lui préparer un lit moelleux pour qu'il puisse se reposer.

En entendant la reine, le vieux mendiant répliqua :

*Je sais très bien qu'Ulysse est vivant et très près d'ici*

— Reine, je me coucherai par terre. Je ne suis pas habitué à dormir dans un lit moelleux. Je ne veux pas non plus qu'on me lave les pieds, sauf si vous avez une vieille servante qui a souffert autant que moi.

Pénélope appela alors la fidèle Euryclée et lui demanda de laver les pieds du vieillard.

# LA VIEILLE EURYCLÉE RECONNAÎT ULYSSE

La vieille prit un chaudron bien net, y mélangea de l'eau froide avec de l'eau chaude, puis y plaça les pieds du mendiant.

Ulysse craignit soudain que sa vieille servante ne reconnaisse une cicatrice qu'il avait au pied !

Effectivement, Euryclée le lava et vit la marque qu'un sanglier avait faite à son maître. Elle s'en souvenait très bien ! Elle laissa tomber le pied du mendiant, la jambe heurta le chaudron, qui se renversa, et toute l'eau se répandit sur le sol.

Le cœur d'Euryclée se remplit d'une immense joie et, en même temps, d'une profonde douleur. Ses yeux se remplirent de larmes. Elle était incapable de prononcer un mot. Elle s'apprêtait à faire un geste à Pénélope, pour lui dire qu'elle avait son mari devant elle, lorsque Ulysse la saisit par les épaules, puis il mit sa main sur sa bouche et lui murmura, d'une voix qu'on entendait à peine :

— Servante, pourquoi voulez-vous ma perte ? Taisez-vous et que personne au palais ne soit mis au courant. Je dois en finir avec les prétendants.

Euryclée lui répondit, à voix basse elle aussi :

*Elle laissa tomber le pied du mendiant*

— Je garderai le secret comme si j'étais une pierre.

Elle retourna chercher de l'eau et lui lava les pieds avec une joie immense, sans faire aucun geste suspect et sans verser une seule larme.

Avant d'aller dormir, la reine voulut poser une autre question au mendiant :

— Étranger, je te raconterai un rêve que j'ai fait pour que tu m'expliques ce qu'il peut signifier. Au palais, nous avons vingt canards que j'aime regarder quand ils mangent du blé imbibé d'eau. En rêve, j'ai vu descendre du ciel un aigle qui les tuait tous. J'ai commencé à pleurer et à crier et mes servantes sont venues. Mais l'aigle est revenu et, se posant sur le bord du toit, il m'a dit : « Pénélope, ne pleure pas ! Ce n'est pas un rêve, mais une vision. Les canards sont les prétendants et moi, l'aigle, je suis ton époux, Ulysse, qui est revenu et qui les tuera tous. » Je me suis réveillée et j'ai vu que mes vingt canards étaient vivants et mangeaient leur blé comme avant.

— Reine, il est très clair que c'est Ulysse même qui t'a parlé en rêve, lui dit le vieux mendiant.

— Mais j'ai peur ce soit un rêve fallacieux, enchaîna la reine. Je sais très bien qu'il y a deux portes pour les rêves :

l'une de corne et l'autre d'ivoire. Ceux qui sortent par la porte d'ivoire sont faux et ceux qui passent par celle de corne sont vrais. Ah! pourvu que celui-ci soit sorti de la porte de corne! Je proposerai un concours aux prétendants. Je me marierai avec celui qui fera passer une flèche à travers douze petits anneaux que nous aurons disposés en ligne droite. Ulysse y parvenait en tirant de très loin!

Le vieux mendiant approuva:

— Faites-le tout de suite, reine. Ulysse arrivera avant qu'ils ne soient parvenus à le faire.

Puis, ils allèrent tous dormir.

*J'ai vu descendre du ciel un aigle qui les tuait tous*

Pénélope monta dans sa chambre, mais avant d'être gagnée par le sommeil, elle pleura encore son époux absent.

Le mendiant s'allongea par terre, sur les peaux de bœuf et de brebis. Il mit du temps à s'endormir lui aussi parce qu'il réfléchissait à la façon dont il tuerait les prétendants.

# L'ÉPREUVE  DE L'ARC

Le lendemain, Pénélope alla chercher l'arc et le carquois d'Ulysse. Elle les gardait dans une chambre fermée grâce à une clé qu'elle était la seule à posséder.

Ensuite, le visage couvert par un voile et accompagnée de deux demoiselles, elle se rendit à la salle où les prétendants étaient déjà en train de manger et de boire. Elle leur déclara :

— J'ai ici l'arc et les flèches de mon époux Ulysse. Nous ferons un concours. J'ai décidé d'épouser celui qui tirera une flèche à travers les anneaux des douze flambeaux.

Le hautain et insolent Antinoos tenta de convaincre les prétendants de ne pas accepter le jeu, affirmant que personne ne réussirait. Au fond, il désirait l'essayer lui-même et espérait réussir.

De peur qu'ils refusent le jeu, Télémaque annonça qu'il essaierait lui aussi.

*J'ai ici l'arc et les flèches de mon époux*

Sans l'avoir jamais tenté auparavant, il prit très bien l'arc et la flèche. Il essaya trois fois de tirer, mais n'y parvint pas. La quatrième fois, il faillit réussir, mais il n'essaya pas davantage, son père lui ayant fait un signe des sourcils.

Télémaque déclara :

— Ou je n'ai pas la force ou je suis encore trop jeune, puisque je n'y arrive pas. Essayez, vous autres, qui êtes plus forts que moi.

Ils n'eurent pas d'autre choix que d'essayer.

Aucun d'eux ne réussit même à bander l'arc. Ils ne possédaient pas la force d'Ulysse.

Ils n'étaient plus que deux à ne pas avoir essayé, et l'un d'eux était l'arrogant Antinoos.

À ce moment, le porcher Eumée et son ami, le bouvier Philœtios, qui était aussi très fidèle à son maître, sortirent de la salle. Ulysse les suivit.

Dehors, il avoua à ses deux fidèles serviteurs qu'il était Ulysse et qu'il avait besoin de leur aide. Pour qu'ils le croient, il leur montra la cicatrice à son pied. Tous deux, en reconnaissant leur maître, l'étreignirent, très émus, et lui promirent de faire tout ce qu'il leur demanderait.

Ulysse leur dit :

— Nous retournerons dans la salle, mais séparément. J'entrerai le premier, puis vous deux, l'un derrière l'autre. Les prétendants ne voudront pas me donner l'arc et les flèches lorsque je les leur demanderai, mais toi, Eumée, prends-les et donne-les-moi. Ensuite, ordonne aux servantes de fermer les portes de la salle sans que les prétendants ne s'en rendent compte. Et toi, Philœtios, verrouille bien les portes de la cour.

*Tous deux, en reconnaissant leur maître, l'étreignirent, très émus*

Ulysse entra dans la salle et alla s'asseoir où il avait l'habitude de le faire.

Eurymaque, un autre des prétendants, ne parvint pas lui non plus à bander l'arc. Le vaniteux Antinoos refusa d'essayer, afin de ne pas échouer, et ordonna lui-même aux serviteurs de leur apporter à boire, pour oublier tout de suite le concours de tir à l'arc.

C'est alors que le vieux mendiant demanda qu'on le laisse essayer. Il avait déjà eu beaucoup de force et voulait voir s'il en avait toujours.

Ils se moquèrent tous de lui, mais Pénélope vint à sa défense.

Télémaque pria sa mère de ne pas parler, d'aller dans ses appartements et de le laisser s'occuper lui-même de ce concours entre hommes.

Le porcher Eumée saisit l'arc et les flèches pour les donner à Ulysse, mais les prétendants se mirent à l'insulter et il eut peur. Télémaque dut alors intervenir pour qu'Ulysse puisse enfin prendre son arme, qu'il connaissait si bien.

Ensuite, Eumée avisa la vieille Euryclée de fermer toutes les portes, tandis que le bouvier Philoetios allait verrouiller celles de la cour.

*Ils se moquèrent tous de lui*

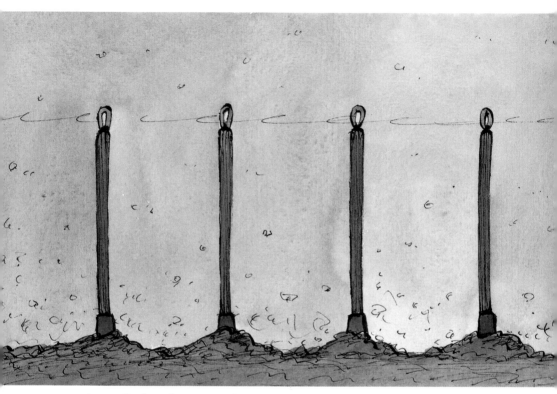

*D'une flèche, il traversa les anneaux de fer des douze flambeaux*

Ceci fait, ils retournèrent tous les deux dans la salle.
Ulysse, sans effort, banda l'arc et, d'une flèche, traversa
les anneaux de fer des douze flambeaux.

# ULYSSE ET TÉLÉMAQUE TUENT LES PRÉTENDANTS

Profitant de ce moment de surprise, Ulysse fit un signe à Télémaque. Celui-ci s'empara de l'épée, qu'il mit à sa taille, et saisit la lance.

Ulysse retira ses haillons, se précipita à l'entrée de la salle avec son arc et son carquois, et déclara :

— Et maintenant, je viserai une autre cible.

Il tira ses flèches sur les prétendants.

Le premier à tomber fut l'insolent Antinoos, puis un autre et encore un autre jusqu'à ce qu'il ne reste plus de flèches.

Ulysse appuya alors son arc contre une colonne, mit son casque sur sa tête, son bouclier à son bras et prit deux lances.

Mais voilà que Mélanthios, un traître, gardien de chèvres, alla chercher des armes pour les donner aux prétendants. Il leur apporta douze lances, douze boucliers et douze casques.

Lorsque Ulysse apprit cela, il envoya Eumée pour empêcher Mélanthios d'aller chercher d'autres armes. Le porcher et Philœtios tuèrent Mélanthios et refermèrent les portes de la salle où se trouvaient les armes.

Les prétendants ayant pu mettre la main sur douze lances, la lutte fut très ardue. Ils étaient nombreux et n'avaient que deux adversaires. Heureusement, Athéna intervint. La déesse, qui avait pris la forme d'une hirondelle, se posa sur une des poutres de la somptueuse salle. Elle fit dévier toutes les lances tirées contre Ulysse et Télémaque : l'une se planta dans une colonne, une autre dans une porte, une autre dans un mur...

En revanche, toutes celles lancées par les deux héros atteignaient leur cible.

Les prétendants qui restaient se mirent à fuir dans tous les sens, comme les vaches lorsque des taons les poursuivent. On entendait des cris terribles et il y avait du sang partout. Seul fut épargné Phémios le troubadour, qui

*La lutte fut très ardue*

gagnait de quoi vivre en chantant pour les prétendants, car Télémaque demanda à son père de ne pas le tuer.

Ulysse chercha du regard s'il restait des prétendants en vie, mais il n'y avait que des cadavres dans toute la salle. Le héros sut alors qu'il pouvait révéler à tout le monde sa véritable identité.

Les fidèles serviteurs et servantes vinrent de toutes les chambres du palais entourer leur maître avec des flambeaux allumés.

Tous pleurèrent de joie.

# LE PLUS  BEAU RÉVEIL DE PÉNÉLOPE

La vieille Euryclée alla dans la chambre de sa maîtresse lui annoncer que son mari était dans le palais et qu'il venait de tuer tous les prétendants.

Les dieux avaient envoyé à Pénélope un sommeil profond pour l'empêcher d'être angoissée et d'entendre les cris. La fidèle servante s'approcha du lit et murmura les paroles suivantes dans l'oreille de la reine :

— Réveillez-vous, Pénélope, fille bien-aimée, pour voir de vos propres yeux ce que vous avez attendu année après année. Ulysse est ici ! Il a tué tous les prétendants qui envahissaient votre palais et qui mangeaient vos biens !

Pénélope se réveilla aussitôt, mais elle lui lança :

— Chère servante, les dieux t'ont fait perdre la tête. Pourquoi te moques-tu de moi, qui souffre tant, en me racontant des mensonges ? Pourquoi me réveilles-tu

*Ulysse est ici*

lorsque le sommeil me permet d'oublier la douleur ? Je n'avais pas dormi aussi bien depuis qu'Ulysse est parti pour Troie, et tu me réveilles avec ces histoires !

— Ce ne sont pas des mensonges, ma reine, lui répliqua la vieille, mais la pure vérité. Ulysse est ici. C'était ce vieux mendiant qui a parlé avec vous ! Télémaque le savait, mais il s'est tu, pour que son père puisse se venger de tout le mal que lui ont fait les arrogants prétendants.

À ces mots, Pénélope, folle de joie, sauta du lit et embrassa sa vieille servante en pleurant :

— Raconte-moi ce qui s'est passé et comment il a pu en finir avec cette multitude d'hommes effrontés.

— Je ne sais pas, je ne l'ai pas vu. Je n'entendais que des cris terribles provenant de la salle, qui était fermée. Télémaque m'a appelée. J'ai alors vu Ulysse entouré d'un amoncellement de cadavres. Il y avait du sang partout. Il a ordonné qu'on sorte les corps par la porte de la cour et de tout nettoyer avec du soufre. Suivez-moi, venez l'embrasser. Notre souhait s'est enfin réalisé ! Ulysse est de retour à la maison et il a puni ceux qui l'offensaient dans son palais !

Malgré cela, Pénélope n'arrivait pas à y croire. Elle pensait même que c'était un dieu qui, fatigué d'autant de

*… entouré d'un amoncellement de cadavres*

méchanceté, avait tué tous ces hommes. Euryclée n'eut pas le choix de lui confier qu'elle avait vu la cicatrice au pied d'Ulysse, lorsqu'elle l'avait lavé, et qu'elle avait voulu le lui dire, mais que son maître le lui avait interdit.

En dépit de ses doutes, Pénélope décida d'aller voir cet homme, sans savoir si elle devrait l'interroger ou l'embrasser.

# PÉNÉLOPE  RECONNAÎT ULYSSE

En entrant dans la salle, Pénélope vit Ulysse, les yeux baissés, le dos appuyé contre une colonne. Elle alla s'asseoir devant lui, près du feu.

Pendant un long moment, aucun des deux ne parla. Pénélope n'arrêtait pas de le regarder. D'un côté, elle pensait que c'était lui, son Ulysse, mais d'un autre, non. Il était sale, portait des vêtements déchirés et paraissait beaucoup plus vieux.

Télémaque s'impatienta. Sa mère ne faisait que regarder son père sans un mot. Il lui lança, furieux :

— Pourquoi ne t'assois-tu pas à côté de lui, mère, et ne lui poses-tu pas des questions ? Tu as un cœur de pierre.

Sa prudente mère lui répondit :

— Mon fils! Je ne peux pas parler, je ne peux que le regarder. Ne t'inquiète pas. Si c'est réellement ton père, nous nous reconnaîtrons, puisqu'il y a des choses que nous sommes les seuls à savoir.

Ulysse sourit et dit à Télémaque :

— Laisse ta mère chercher les preuves qu'elle veut. Comme je suis très sale et que je porte des vêtements misérables, elle ne croit pas que c'est moi. Allons tous nous laver et changer de vêtements. Et puis, il devrait y avoir de la musique dans le palais, comme si c'était la fête. Ainsi, les familles des morts tarderont à apprendre leur malheur et nous pourrons nous préparer à leur faire face.

Ulysse alla se laver. Il se frictionna le corps avec de l'huile et revêtit une belle cape et une tunique. Athéna fit paraître le héros plus grand qu'il ne l'était et plus beau, avec sa peau d'une belle couleur brune, ses cheveux blonds bouclés et sa barbe aux reflets bleutés.

Il retourna s'asseoir devant son épouse, qui continuait à le regarder sans un mot, et lui lança :

— Tu as le cœur plus dur que les autres femmes. Aucune autre ne resterait ainsi, sans rien dire, après vingt ans sans me voir.

Puis, appelant la servante, il ordonna :

— Euryclée, ma chère servante, prépare mon lit pour que je puisse m'allonger, car cette femme a un cœur de fer.

Pénélope lui indiqua comment s'y prendre :

— Va, Euryclée, apporte le lit le plus solide, celui qu'il a lui-même construit, et mets-y des peaux, des couvertures et des couvre-lits somptueux.

Ulysse, furieux d'entendre ces mots que la prudente Pénélope prononçait pour vérifier si c'était vraiment lui, lui répliqua :

— Mais comment pourrait-elle déplacer le lit ? Un olivier a poussé dans la cour. Son gros tronc était comme une colonne. J'ai construit les murs de ma chambre tout autour de lui, avec une multitude de pierres, je l'ai recouvert d'un toit solide et j'ai installé des portes très robustes. J'ai coupé les branches de cet olivier et j'en ai poli le tronc avec lequel j'ai fait le pied de mon lit. J'ai ensuite fait le reste et je l'ai décoré d'or, d'argent et d'ivoire. J'ai placé à l'intérieur des bandes de peau de bœuf teintes de pourpre vermeille. Et toi, tu parles de sortir ce lit de la chambre !

*Elle ne se lassait pas de l'embrasser et de pleurer dans ses bras*

Pénélope, qui sentait ses genoux fléchir en l'écoutant, courut l'étreindre. Elle ne se lassait pas de l'embrasser et de pleurer dans ses bras. Elle lui avoua qu'elle avait dit cela précisément parce qu'elle était horrifiée à l'idée que quelqu'un puisse tenter de la tromper en se faisant passer pour lui !

D'abondantes larmes coulaient aussi sur les joues d'Ulysse, qui tenait enfin dans ses bras sa chère Pénélope.

# ULYSSE SE RÉVÈLE À SON PÈRE

Le lendemain, Ulysse voulut aller embrasser son père. Il se rendit donc avec Télémaque sur le lot que Laërte avait acheté à l'extérieur de la ville, il y avait des années, malgré de nombreuses difficultés. Il y avait là sa maison et, à côté, celle destinée aux serviteurs. Une vieille Sicilienne lui faisait à manger.

Dès leur arrivée, Ulysse dit à Eumée et à Philœtios, qui les accompagnaient, de tuer le meilleur porc pour dîner, puis il se dirigea vers le potager rencontrer son père, pour voir s'il le reconnaîtrait ou non.

Il le trouva seul, affairé à ses plantes. Laërte portait une vieille tunique raccommodée et avait la tête couverte d'un chapeau en peau de chèvre.

À le voir si vieilli et le visage si triste, Ulysse en eut les larmes aux yeux. Il ne savait pas s'il devait lui dire qui il était ou lui parler d'abord un peu. Finalement, il lui parla :

— Tu prends très bien soin de ton potager, vieillard. Je ne vois aucune mauvaise herbe, tout est très bien entretenu : le figuier, les vignes, les oliviers, les poiriers, les légumes. En revanche, tu te négliges : tu es sale et déguenillé, même si tu ressembles à un roi par tes manières. Qui est ton maître ? À qui est ce potager que tu cultives ? Dis-moi si je suis réellement à Ithaque, comme me l'a dit un homme que j'ai croisé en chemin. Il n'avait pas l'air très sensé, car il a refusé de me répondre lorsque je lui ai demandé si quelqu'un que j'ai reçu chez moi était encore vivant ou mort. Il y a longtemps, un homme qui disait être le fils de Laërte est venu à mon palais. Je l'ai très bien reçu et lui ai fait de nombreux présents.

Laërte, les yeux pleins de larmes, lui répondit :

— Étranger, tu es bel et bien à Ithaque, mais tu ne trouveras pas ton hôte. Cette terre est dominée par des hommes méchants et insolents. Ne leur dis pas que tu as aidé cet homme, tu le paierais cher. C'est Ulysse, mon fils ! Combien de temps a passé depuis que tu as reçu mon malheureux fils, si tu n'as pas rêvé ? Cela fait des années

*Tu prends très bien soin de ton potager, vieillard*

que je ne sais rien de lui. J'ignore s'il a été dévoré par les poissons de la mer ou les fauves de la terre. Mais dis-moi, qui es-tu et d'où viens-tu ? Quel bateau t'a mené sur cette côte et où l'as-tu laissé ?

Ulysse inventa une nouvelle histoire :

— Je m'appelle Epérite, je suis né à Alybas et je suis le fils du roi. Mon bateau est amarré près de la campagne, juste avant d'arriver en ville. Il y a cinq ans qu'Ulysse est venu sur ma terre. Nous nous sommes quittés heureux, pensant que nous nous reverrions bientôt.

À ces mots Laërte, le visage tordu par la douleur, prit de la cendre et se la versa sur la tête, en soupirant profondément.

Ulysse ne put supporter davantage de voir son père souffrir de son absence. Sans plus attendre, il le prit dans ses bras et l'embrassa :

— Père, c'est moi Ulysse. Après vingt ans d'absence, je suis revenu chez moi. Ne pleure plus. Je veux que tu saches que je viens de tuer tous les méchants prétendants.

Laërte, qui voulait lui aussi s'assurer qu'il s'agissait bien de son fils et qu'il ne tombait pas dans le piège que lui tendait un menteur, lui dit :

*Quel bateau t'a mené sur cette côte?*

— Prouve-le-moi, pour que j'aie la certitude que tu es mon fils.

Ulysse accepta :

— Premièrement je te montrerai la blessure qu'un sanglier m'a faite au pied. Ensuite, si tu veux, je t'indiquerai dans ce jardin les arbres que tu m'as donnés. Lorsque j'étais enfant, je te suivais en te demandant les noms des arbres, et toi tu me les donnais. Il y a treize poiriers, dix pommiers et quarante figuiers. En plus, tu m'as offert cinquante vignes qui mûrissent à différentes saisons.

Laërte sentit ses genoux fléchir et se mit à manquer de souffle. Il se jeta au cou de son fils bien-aimé, qu'il serra contre sa poitrine.

Ils rentrèrent ensuite à la maison, où Télémaque, le porcher et le bouvier préparaient le dîner. La servante sicilienne aida le vieux Laërte à se laver et à s'habiller. Il avait ainsi l'air beaucoup plus grand et plus jeune. Tous se mirent à manger gaiement.

# Et la paix s'installe à Ithaque

Il restait encore une dure tâche à exécuter : se défendre contre les familles des prétendants morts. Elles avaient pris les armes et formaient une puissante armée.

Ulysse et les siens allèrent les affronter. Mais il suffit que tombe le premier guerrier, Eupithès, pour que les autres constatent qu'Athéna protégeait Ulysse et qu'ils mourraient tous.

La déesse leur cria :

— Abandonnez cette terrible guerre, gens d'Ithaque, et vivez en paix !

Tous laissèrent tomber les armes et rentrèrent chez eux.

Ulysse aurait aimé les pourchasser, mais Athéna aux yeux verts l'en dissuada :

— Ulysse, fils de Laërte! Laisse donc les armes et cette guerre qui est mauvaise pour tout le monde! Sinon, Zeus se mettra en colère contre toi!

Ulysse lui obéit tout de suite, et le fit avec joie.

Il avait si hâte de vivre en paix aux côtés de Pénélope!

*Laisse donc les armes et cette guerre qui est mauvaise pour tout le monde*

Sur l'Olympe, les dieux parlent d'Ulysse 7

Le voyage à Ithaque de la déesse Athéna 11

Télémaque passe à l'action 18

Télémaque se rend à Pylos rencontrer Nestor 26

La visite de Télémaque au roi Ménélas 35

L'histoire de Protée 43

Les prétendants tendent un piège à Télémaque 51

Les dieux passent à l'action : la mission d'Hermès 55

Ulysse à la merci des flots 61

Ulysse arrive au pays des Phéaciens 67

Ulysse au palais d'Alcinoos 73

La compétition athlétique 81

Le chant du troubadour Démodocos 86

Ulysse entame le récit de ses aventures :
les Lotophages 90

Le cyclope Polyphème 93

La ruse vainc la force 99

Éole et l'outre des vents 109

La sorcière Circé et ses sortilèges 112

Le dieu Hermès aide Ulysse 121

Circé annonce de nouveaux dangers à Ulysse 127

Deux nouvelles aventures : le chant des sirènes,
 Scylla et Charybde 132

Les vaches d'Hélios 136

Le retour d'Ulysse à Ithaque 143

Conversation entre Athéna et Ulysse 146

Ulysse et le gardien de porcs Eumée 152

Ulysse invente une autre histoire 156

Télémaque rentre à Ithaque 160

Ulysse se révèle à son fils Télémaque 163

Ulysse retourne dans son palais 169

La reine Pénélope parle avec le vieux mendiant 174

La vieille Euryclée reconnaît Ulysse 181

L'épreuve de l'arc 186

Ulysse et Télémaque tuent les prétendants 194

Le plus beau réveil de Pénélope 199

Pénélope reconnaît Ulysse 204

Ulysse se révèle à son père 209

Et la paix s'installe à Ithaque 215

# HOMÈRE

Tête d'Homère, type d'Épiménide. Copie moderne d'après un original à la Glyptothèque (Munich-Allemagne).

En grec ancien, Homère signifie «otage» ou «celui qui est obligé de suivre».

On a l'habitude de considérer qu'Homère, né en Grèce quelque 800 ans avant Jésus-Christ, est l'auteur génial de *l'Iliade* et de *l'Odyssée*, deux récits qui racontent les exploits des héros de l'Antiquité : Achille, Hector, Agamemnon et Ulysse pendant la guerre de Troie. Homère a parcouru son pays pour réciter à son peuple ses récits épiques et merveilleux. Rappelons-nous que l'imprimerie n'existant pas encore, c'était là le seul moyen pour un auteur de faire connaître ses œuvres au public!

Cependant, certains savants plus sceptiques pensent qu'Homère n'aurait jamais existé, et que ces deux histoires seraient en fait une collection de poèmes courts de différents auteurs anonymes rassemblés de façon intelligente par un autre auteur anonyme.

D'autres savants pensent encore qu'Homère aurait effectivement existé, mais qu'il aurait récité, en bon comédien, des poèmes écrits par des auteurs anonymes.

La vie d'Homère – si nous supposons qu'il a vraiment existé! – nous est racontée par différents auteurs de l'Antiquité, mais ce sont les écrits de l'historien Hérodote, né deux siècles après Homère qui, selon les historiens modernes, semblent être les plus crédibles.

D'après Hérodote, Homère serait né à Smyrne, sur un territoire qui correspond aujourd'hui à l'actuelle Turquie. Il aurait séjourné dans la petite île grecque d'Ithaque, recueillant des informations sur les péripéties d'Ulysse, ancien roi de l'île.

Au cours de ses voyages, Homère aurait commencé à écrire un premier poème, intitulé *l'Iliade*, qu'il aurait achevé à Smyrne. Après avoir visité les villes d'Asie Mineure, le poète aurait fini par s'installer à Chio, où il aurait fondé une école. Devenu aveugle, il aurait composé un nouveau poème, *l'Odyssée*, racontant ce qu'il avait appris sur les aventures du fameux roi Ulysse. Parti en Grèce pour faire connaître son œuvre, Homère serait mort pendant le voyage, plus précisément dans l'île d'Ios.

Il faut savoir que le texte original, très long et difficile à comprendre pour un lecteur non initié au genre, a été adapté par Rosa Navarro Durán, pour vous permettre d'en apprécier les grandes lignes. Beaucoup de mystères et de légendes entourent toujours la vie d'Homère.

Qu'il ait existé ou non, ses textes sont des outils très importants pour la compréhension de notre civilisation. Son génie a d'ailleurs inspiré plusieurs grands écrivains au fil des siècles.

Cet ouvrage a été achevé d'imprimer
sur les presses de Marquis Imprimeur
à Cap Saint-Ignace (Québec)
en mars 2011
pour le compte des Éditions de la Bagnole
et de Soulières éditeur.